「自分で脱いで着替えることもできないの？　子供みたい」

「俺を怒らせて逃げようとしてるんだろうが無駄だぞ。早くしろ」

Contents

妃教育から逃げたい私 2
～没落寸前だけど結婚したい私～

今私は危機に瀕している。

「没落するぅー！」

叫びながらベッドへダイブする。貴族がそんなことをしてはいけないと諫める者もいない。

どうしてかというと先ほど述べた通り、我が家は没落一歩手前だからである。よって使用人は全ていなくなった。貴族で使用人が一人もいない家など聞いたことがない。だが現実問題我が家には一人もいない。残ると言ってくれた者たちも解雇した。

なぜなら……何度も言うが、我が家は没落寸前。給金を払ってあげられないのだ。

金がないどころか借金までである。こうなると、この危機から脱出する手立ては一つしかない。

玉の輿に乗ること。これしかない。

「なのに！　相手が捕まらない！」

夜会用のドレスをぐしゃぐしゃにしながら、私は叫んだ。

「ブリアナ？」

この家の女主人、男爵夫人が扉を開けてこちらの様子を窺っている。後ろには当主である男爵もいる。

「その……辛かったらもういいのよ？　うちのことは気にしないで」

夫人は悲しげに眉を下げながら言う。私はその言葉にがばりと体を起こした。

「いいえ！　お母様！　まだまだこれからです！」

6

へこたれている場合ではない。夜会で相手が見つからないぐらいなんだ。また次の夜会で頑張ればいいのだ！

そう言うと男爵夫妻は困った顔をする。ああ、そんな顔をさせたいわけではない。

なんとかして金持ちを捕まえて恩を返さないと！

私は決意を新たに、拳を握りしめた。

この家に拾われて十二年。なにを隠そう、私はこの夫婦の本当の子供ではない。孤児院で引き取ってもらえた運のいい、生みの親が誰かもわからないただの娘だ。なので夫妻は私の育ての親ということになるが、それを感じさせないほどの愛情をかけて育ててもらえた。

子供に恵まれなかった夫婦が、男児ではなく女児である私を引き取ったのは、単純に女の子が欲しかったからららしい。この国では女性でも爵位を継ぐことが認められているためでもある。

おかげで私は跡取りとして教育を受けながら溺愛されて育った。結婚相手も男爵という低位貴族ゆえ、私が愛する男性なら庶民でもいいと言ってくれるほどで、私も高望みせず、婿入りしてくれる優しい庶民男性と結婚しようとのんきに考えていたのである。

ところがどっこい。事態が急変したのは二年ほど前である。

義父、騙されて借金をこさえてきた。

人の好さに付け込まれてあっという間に全財産なくなった。もはや私たちにあるのは名ばかりの爵位と、借金だけである。

代々続いたこの家も終わりだと義父母が涙するのを見て、私は覚悟を決めた。

金のある男性と結婚する。

幸い私は若く、体は妖艶に育った。これに引っ掛かる男性を探すのである。実際何人かに求婚やそれに近いことをされた。だがそれに待ったをかけたのが、義父母だった。

「後妻や愛人になるのだけはやめて!」

そう、結婚を申し込まれたが、それはほとんどいい年した五十代、六十代だろう男性の後妻か、もしくは「お金だけはいくらでもあげるから本妻じゃなくて愛人で」と言ってくる人間ばかり。

体がグラマラスなことの弊害がまさかこんなところで生じるとは思わなかった。

義父母は私を愛してくれている。そんな身売りするようなことを娘にさせるなら死ぬと言って泣いてくれた。

実際私だって結婚に夢はあった。なのですぐには後妻の話に飛びつかず、あせらず相手を探していくということで家族の方針がまとまったのだ。

まとまったはいいが、それからあれよあれよという間に二年経ち、私は結婚適齢期ギリギリの十九歳になってしまった。

8

そろそろまずい。没落する。

領地経営とは別に、借金返済のために始めた私の副収入で借金の利子分は払えていたから借金取りにはかなり待ってもらったが、ついに、あと半年で払えなければ終わりだと言われた。

正直甘く考えていた。若いし、いい肉体を持っているので自惚れていた。きっとこの家を救ってくれる男性がいると。

しかし現実は厳しい。

借金持ちの時点でほぼまともな男性は寄ってこず、爵位目当てが来たかと思えば、男爵位という低い爵位では借金の額が割りに合わないと去っていった。ちなみに彼らの捨て台詞は「伯爵位ぐらいなら考えてやったのに」である。

「くううう、あのときは王太子ゲットできたと思ったのに──！」

悔しさでベッドを何度も叩いてしまう。

まるでおとぎ話のように王太子殿下から夜会のパートナーに選ばれ、浮かれて参加したら、本命の婚約者とのイチャイチャの材料にされただけだった。

ひどい。やっとおっぱいばかり見ない誠実そうな男性でしかも王太子をゲットできたと思ったのに、ただの当て馬。ひどい。

「当て馬料請求しとけばよかったわ……」

言えば払ってくれたかもしれない。いや、今からでも遅くない。とにかくお金が欲しいので

請求はしておこう。

「あ、あの、ブリアナ……？」

義母の戸惑った声に我に返る。そうだ、まだ扉の前に義父母がいた！

大好きな義父母に恥ずかしいところを見られてしまった戸惑いを隠すために、こほんと一つ咳払いをする。

「えっと……夜会の招待状よ」

義母から招待状を手渡される。

「ありがとうお母様」

にこりと微笑むと、義父母は幾分ほっとした表情で居室から出ていった。

私はもらったばかりの招待状を確認する。そこには予想外の名前が書かれていた。

「ナディル・ドルマン……」

私を当て馬扱いした王太子殿下の本命であり、現在妻になった女の兄の名前である。

ナディル・ドルマン。

この名前はよく知っている。なぜなら私を嵌めた張本人だからだ。

あの日——いつも通り、結婚相手を探していた私に、輝かしい笑顔で王太子殿下が近づいてきた。

そんな、嘘、本当に……?

と借金を背負ってからうっかり失くしてしまった乙女心を取り戻す程度に、私にとっては奇跡みたいなことだった。

ナディルと出会ったのもこのときである。王太子殿下の後ろに控えており、正直王子の付き人かと思っていた。

王太子殿下は、数々の男性を見てきて肥えてしまったと思っていた私の目から見ても、美しかった。さすがは王太子殿下、オーラが違う。

その王太子殿下に、「今度パーティーに一緒に行ってくれるかな?」と言われたらそれはもう舞い上がる舞い上がる。

あきらめずにいたおかげで最高の玉の輿ゲットしたと大興奮して臨んだパーティー。

王太子殿下の婚約者だという女に挨拶して浸る優越感。

王太子殿下は私を選んだのだという自信。

断言できるが、あのときの私は人生で最高の幸せを感じていた。

まあ一瞬で潰えた幸せだったけれど。

「今日は、君の相手はできないんだ」

そう言った王太子殿下を見て、彼女は言った。

「それは、その方がお相手ということですか？」

その目は、何か望んでいるように潤んでいた。

れがとんでもない間違いであったと知るのは後のことである。そのときは悲しみからだろうと思ったが、こ

王太子殿下は彼女から顔を背けた。

「すまない……」

「と、いうことは婚約は……」

「……そういうことだ」

王太子殿下と私を見て、婚約者の女はその瞬間、それはもう嬉しそうな顔をして飛び跳ねた。比喩ではない。文字通り、両手を上げて、飛び跳ねたのである。

「やったわー！」

「は？」

さっきまでのお上品な雰囲気はどこに行ったのか、彼女は興奮したように、王太子殿下の後ろにいるナディルに声をかけた。

「兄様、聞きました？　聞きましたか？　もちろんばっちりでしたよね！」

「ああ、聞いた」

「ああ、やったわやったわ！」

彼女は両手を胸の前で組み、天を仰いだ。まるで神に感謝を告げているようである。

彼女はそのまま興奮が冷めない様子で話し出した。

「苦節十年。七歳で次期国王の婚約者となってから来る日も来る日も勉強勉強勉強勉強勉強勉強ダンスダンスダンスダンス！ そしてなぜか頻繁に参加しなければいけない茶会！ 何ひとつ！ 楽しく！ ない！」

「レ、レティシア……？」

今まで静かに話していた王太子の声音が変わった。それもそうだろう。彼女のあまりの変わり身の早さに私も引いている。

「やることなすことすべて否定される。うっかり声を出して笑えば、品が悪いと咎められるけれど、私がそれをしたことで誰かに迷惑かけるのか？ かけてないだろうが！ ちょっと急いで小走りになっただけなのに、はしたないって、とりあえずケチ付けたいだけだろうが！」

「レティ……？」

「なっちゃったものは仕方ないとあきらめていたけれど、もうしなくていいのね！ ああ最高。あなたのおかげだわ！ ……なんだっけ、えーと、ブリ……ブリ……ブリっ子？」

「ブリアナよ！」

黙って聞いていたがさすがに訂正した。なに自然な流れで人に変な呼び名をつけているのだ！

ブリブリしてるのと本名から取っているようだけれど失礼極まりない。ブリブリしてるのは、王太子殿下と結婚できるように媚び売ってたからであって、しなくていいなら私だってしない！

王太子殿下の婚約者の女、改めレティシアは、今更ながらしおらしい顔を作った。しかし作っているのがバレバレである。

「ごめんなさい。だってすごいブリブリしているから」

「馬鹿にしてるの⁉」

「馬鹿にしてるけど感謝はしてるのよ！　ありがとう不良債権受け取ってくれて！」

「ふ……不良債権……」

王族に対するあまりの言い方に一瞬言葉を失くす。

「一日十時間城に缶詰めで勉強して、ダンスして、茶会で貴族連中の嫌がらせに耐えるという苦行（くぎょう）を代わりに行ってくれるなんて！　頑張ってね！　応援しているわ！」

「え……」

何それ聞いてないんだけど……。

思わず固まった私が目に入っているはずなのに、私など気にせず、レティシアはナディルに声をかけた。

「私を王子の婚約者に無理やりした兄様、残念でしたね！　王家とのつながりは違うところか

「ら手に入れてくださいね!」

「わかったよ」

「兄様、クラーク様にいい女性ができたら、私は自由だという約束、守ってくださいますね

⁉」

「わかったよ」

ナディルはあきらめた顔をした。

「ふふ、これで自由。私は今後、令嬢はやめるのよ! 田舎に行って魚釣って魚釣って木登り

して、村の子供たちと戯れて、畑耕して、大口開けて笑って過ごすのよー!」

王太子殿下を私に押しつけるような発言をし、元気に会場を後にする婚約者。急展開に私は

その潔い去り際をただ茫然と見送ってしまったが、何か思ったのと違うと感じ、王太子殿下か

ら距離を取ろうとする。

が、すぐに捕まってしまった。

王太子殿下にではない。逃げた女の兄、ナディル・ドルマン次期公爵にだ。

「どこに行くんだ? ブリアナ嬢?」

「いえ、今日は下がらせていただいたほうがいいかと思いまして」

ニコリと笑って言うも、内心冷や汗ダラダラだ。

「君はクラーク殿下のお相手じゃないか」

「将来をお約束した仲ではございません」

王太子殿下には、ただパーティーでの同伴をと誘われただけだ。嘘ではない。

面倒事の予感がしたので早く帰りたいのに、ナディルは私の両肩から手を離すどころかギリギリと力を込めてきた。絶対逃がさないという心意気を感じる。

「でも現に、クラーク殿下の婚約者は逃げてしまった。代わりが必要なのはわかるな?」

「いえ、わかりません」

「これだけの騒動を起こしてくれたんだ。お仕置きぐらい必要だよな?」

低い声で言われ、背筋を悪寒が走る。しかし、ここで負けてなるものかと踏ん張った。

「代わりではなく、本当の婚約者になれるのでしたら考えます」

私の厚顔無恥とも言える発言に、にやり、と笑みを浮かべられ、さらに背筋を冷や汗が流れた。

「いいだろう。お前が妃教育に耐えられたら考えてやろう。クラーク殿下、それでよろしいですね?」

「ああ」

ナディルの提案を、予想外に王太子殿下があっさり承認してしまい、私は目を丸くしてしまう。妃教育を受けるということは、私がクラーク様の婚約者候補になるということだ。家柄や資質を考慮して慎重に選定する妃候補をそんな簡単に決めるなどありえない。しかも、ここにいる二人の独断で決定するだなんて。

王太子殿下が私を好いて、どうしてもというのならわかる。しかし、王太子殿下は私を見ずに、婚約者が去っていったほうをずっと見ている。どう考えてもどちらに情があるかは明らかだ。

私は肩を摑んで離さないナディルを見た。変わらず企みを隠しもしない目で見られる。

そう気付いてももう遅い。

ああ、どうして私ばかり損な役割になるの。

心の中で涙を流しながら、ナディルを睨みつけることしかできなかった。

速攻で音を上げた

妃教育は厳しかった。とても。

ただでさえ、あまり淑女としての教養やマナーにうるさくない家で育った私だ。男爵家の跡取りとして必要最低限の教養しか身についていないので、王太子殿下の隣で保てるような品位はないし、教養もない。

得意なのは計算と商売取引、領地経営だ。身分の高い淑女はまずそんなことは教わらないし、

高位貴族男性にはそんな知識は敬遠される。私が高位貴族に不人気な原因の一つでもあるのだ。

私が男爵家の跡取りとして経済、経営重視の教育を受けていることは隠していなかったので、割と知れ渡ってしまっている。

そんな私に、淑女教育がメインの妃教育は、まったくもって合わなかった。

必要最低限のマナーしか身につけていない私の挙措は、教師には目に余るものだったらしい。

怒鳴られるし、罰せられるし、休憩時間もない。地獄だ。

そしてこの地獄の妃教育が実を結ばないものだと知っていることも私の絶望に追い打ちをかけた。

王太子は私と結婚する気は一切ない。あの婚約者に逃げられた夜以降、私は王太子に会ってすらいないのだ。どれだけこちらに興味がないか推し量れるというものだ。

「無理、死ぬ」

様子を見に来たナディルに言うと、彼は観察するような視線をよこした。

「ほう……頬が少し痩せこけたか?」

「ええ、減量に成功よ……」

もうこいつに敬語を使うだけの敬意を払う必要などないと思い口調を変えているが、気付いているだろうに、それには触れてこない。下級貴族の女に対等な口を利かれた経験などないだろうと思った結果の今できる精一杯の嫌がらせだったのに。

18

悔しさで歯をギリギリと噛み締める。そんな私を楽しそうに彼は見る。

「でも胸は減らないんだな」

「セクハラ！」

なんてことを言うのだこの男は！　「とても均整の取れた体ですね」「抱きしめられたらとても幸せでしょうね」など貴族特有の遠回しなセクハラはあったけれど、ここまで直接的に言ってきた人間は初めてだ！

体を守るように腕を回したが、それによって胸が強調されてしまった。自分の体が憎い！　意味がないと、腕を降ろして相手を睨みつけるも、楽しそうにされるだけだった。いい性格をしている。

「解放してやってもいいぞ」

唐突に言われた言葉が理解できず、小首を傾げる。かいほう……解放……この流れからして、解放っていうと……妃教育⁉

「ほ、本当⁉」

「ああ、本当だ。クラーク殿下が、レティシア以外とは子を為さないと宣言した」

王太子殿下がそう宣言されたということは、私のお役目はもう終わりということだ。

レティシアが逃げてから妃教育の準備がされるまで、拘束されること数日。そして実際今日から始まった妃教育。食事を碌(ろく)にとる暇もなく、たった一日だと言うのに痩せた体重。でも減

らない胸。

　ああ、辛い日々もここで終わりなのだ……私はこれまでの努力が水の泡になることなど気に

せず感謝した。実際妃教育を受けたのはたった一日だったけれど、実感した。王太子妃候補に

なって妃教育をこなすなど私には到底無理な話だったのだ。早めに終わってくれて本当によ

かった。

　喜びに震えている私に、水を差す声が入った。

「ただし、条件がある」

「は？」

　私は訝し気にナディルを見た。

「まずひとつ」

　一本立てた指を見せつけるように、ナディルが私の顔の前に突き出した。

「お前が受けた妃教育がどんなものだったか、色々なところで触れ回れ」

「え？」

　あの、きつかった妃教育がどんなものだったか触れ回る……？

　意図が摑めず首を傾げる私に、ナディルは告げた。

「レティシアは本性がガサツな自分には王太子妃は向かないと思っている。だから、お前が

あっさり挫折した妃教育がどれほどきついものか、そしてそれを十年続けたレティシアがどん

20

「捕獲って野生動物じゃあるまいし」

「いいか、絶対捕獲するんだ」

言われた通りに、私は王太子殿下の婚約者に会いに行く。

◇◇◇

「俺の言う通りに動いてもらおうか」

口の端を上げたナディルが、冷酷に告げる。

「ふたつ」

私の返事を聞いてナディルは満足そうにし、さらにもう一本指を立てた。

思わずため息が出るが、これを拒否できる立場ではない。仕方なく承諾する。

私、本当にいいように使われている……。

子妃に、という流れに周りがしていくだろう。

レティシアがどう思うかわからないが、市井までその話が流れれば、レティシアをぜひ王太

本当に策士である。

なるほど、だからわざわざ私に妃教育を受けさせるという手間をかけたのだ。

なに素晴らしいか、触れ回ってほしい」

「いや、野生に近い」

野生に近い公爵令嬢ってどういうことなの……。

「レティシアを王城に連れ戻すのが目的なのよね?」

「そうだ」

確認のために訊ねると、ナディルは頷いた。

「今ごろはクラーク殿下がレティシアと会って話をしているはずだ。そしてこれから俺が会いに行く。危機感を募らせたレティシアは絶対に逃げる。絶対だ」

「なんなの、その確信は……」

「素直についてこいと言って、ついてくる奴じゃない。ならわざと逃げるようにして捕まえる」

実の妹に対する言葉とは思えない。

「あなたたち、本当に兄妹よね? 血つながってるわよね?」

「正真正銘、親を同じくする兄妹だ」

「妹の意思を尊重しようとかはないわけ?」

「貴族にとって政略結婚は当たり前だと思うが?」

「当たり前の感覚なしに育てられたから、わからないわ……。残念ながら私は、その当たり前の感覚なしに育てられたから、わからないわ……。私は義父母に感謝した。金のために子供を売る親じゃなくてよかった! 権力のために妹を売る兄もいなくてよかった!

「失礼なことを考えているだろう」

見透かされて冷や汗をかきながら、苦笑いした。

「とにかく、妹が逃げないように協力したらいいのね。わかったわかった」

「二回続けて言うな」

なんでこの年でこんな男にお母さんみたいな注意をされなければいけないのだろう。

イラっとする私の気持ちなど考慮しない男は、王都にある住居と比べると随分こぢんまりと

した屋敷の扉を叩いた。すぐに侍女らしい女性が出てきて、中に入れられる。

「元気にしてるか?」

「兄様! 婚約継続してるって何!?」

一応形式上の挨拶を述べてから王太子殿下の婚約者――レティシアと話をしようとした様子

のナディルに構わず、レティシアは早々にナディルに詰め寄った。

それもそうだろう。婚約破棄できたと喜んだのも束の間、すぐに王太子殿下が追ってきて、

婚約破棄しないと宣言するなど想像していなかったのだろう。

「クラーク殿下が婚約破棄しないそうだ」

「はあ!? だってあのとき婚約は、なしって……」

レティシアは焦ったようにナディルに迫った。

「よく思い出すんだレティシア。あのとき殿下は婚約破棄とはっきり言ったか?」

レティシアはしばし固まって、見る見るうちに顔が青くなっていく。気付いたのだろう、肝心な言葉をはっきりとは言われていないことに。

あのとき、殿下はレティシアの言葉に曖昧な表現でしか返していない。しかもあの会場にいたのは、ナディルがあらかじめ用意した人たちだけなのだから。

「婚約破棄とは言ってない……」

「そういうことだ」

「いやどういうこと!?」

「殿下は婚約破棄する気ははじめからなかったってことだよ」

「はぁー!?」

訳がわからないと混乱した彼女を少し哀れに思う。彼女が勘違いするように仕向けたのはこの兄であるし、あの状況ではレティシアでなくても誰でも勘違いすると思う。

でも私からしたら誰かに愛されているだけで羨ましいからやっぱり同情はやめておこう。羨ましい!

「ヤキモチを焼いてほしかったらしい」

「や、ヤキモチ?」

「嫉妬してほしいと」

「いやヤキモチの意味がわからないわけじゃないから」

24

レティシアは、クラーク殿下の意図がわからないらしい。

「殿下はお前を好いてるらしい」

「さっきそんなこと言ってた……」

「お前がまったく自分のことを見ないからと試したそうだ」

「試されてもまったくあの人のこと見なかったけど」

クラーク殿下もここまでしっかり顔をされないと哀れである。

「そうみたいだな。でも初めてしっかり顔を見てもらったと嬉しそうにしていたぞ」

さっき、この屋敷に寄る前に会話したクラーク殿下は、あのパーティーのときとは比べ物にならないほど上機嫌だった。

「ん？　なんで今さっきあったことを兄様が知ってるの？」

「クラーク殿下をここに連れてきたのは俺だからな」

「はー!?」

予想外だったのだろう。レティシアが大きな声を上げた。

そうなのである。　裏切者は身内である。　彼女はこれを教訓にして、警戒心を持つようにしてほしい。

ナディルは驚いているレティシアに構わず続けた。

「知ってもらうきっかけは作れたから、好かれるのは結婚してからでいいんだと。ただささ

25

とうちの領地のひとつに引っ込んでしまう行動力に危機感を持ったようで、今準備をしてる」

「なんの準備？」

「結婚式」

「いやあああああ！」

顔を青くしながらナディルと会話をする彼女は、結婚式の準備をしていると言われ、耐えきれないというように悲鳴を上げた。その後も青くなりながらなんとかならないかと兄に縋っている。

ところで、私ずっとここにいるんだけど、ご存知？

「ちょっと……私のこと無視するのいい加減やめなさいよ……」

いつまでも続きそうな兄妹喧嘩を止めるように低い声を出すと、今気付いたとばかりにレティシアは目を見開いた。

「あ、忘れていた。レティシアに会いたいというから連れてきたんだった」

「普通忘れる!?」

飄々と言う男に嚙みつくように言うが、堪えた様子はない。

「ブリ……ブリ……ブリっ子さん！」

「ブリアナよ！」

名前を思い出そうとしたけれどあきらめたのか、自らが付けたあだ名で呼ばれ、訂正する。

26

ブリっ子って、どんなセンスしてたらそんな失礼なあだ名、人に付けられるのよ！

レティシアは不思議そうに首を傾げた。

「ブリっ子さん。今日はブリブリ成分ないの」

「ブリアナよ！」

「ブリっ子やめたわよ！」

「ブリっ子やめたの？」

「もうやめたわよ！」

前会ったときと雰囲気が違う私に違和感があるのだろう。なぜなのか、目で理由を訊ねてくる彼女に答えてあげた。

「王子のほうから近寄ってきたからいけるのかなと思ったら王子はあんたにべた惚れじゃない。私ただの当て馬よ。ふざけんじゃないわよ！」

私は拳を握りしめた。

「しかも、騒動を起こしたお仕置きってことでなぜか私妃教育受けてるんだけど！ 意味わからないしあれ本当にきついし何あれ！ あくびとかうっかり出たら怒られるって何!? あくびぐらい人間するだろうが！」

「するわよね」

「あんたならわかってくれると思ってた！」

うんうん頷く彼女の手を握る。そうよね、あんたあれから逃げようとしたのだもの、気持ち

わかってくれるわよね！

ここしばらく罵倒ばかりされていたので、ただ同意されただけなのに、心に沁みた。罠に嵌（わな）めてくれた張本人のナディルは同情してくれないし。

「あんたすごいわ。あれに十年耐えたの？　私無理。一日でギブアップ」

「あきらめずもうひと頑張り！」

「無理！」

「頑張れば王太子妃になれるかも！」

「絶対なれないから！　だって王子があんた以外と結婚するなら絶対子供作らないって宣言しちゃってるもの」

レティシアもなんとか逃げたいのだろう。必死に言い募ってくるが、私の言葉を聞いて固まった。

「殿下はお前以外と結婚する気はないらしい。あきらめるんだな」

「いやあああああ！」

実の妹に残酷な現実を叩きつけるナディルはとても楽しそうだった。

◇◇◇

28

仲は良くなさそうだが、さすが実の兄。妹の行動をよく読めている。

ナディルの言った通り、逃げようとしたレティシアは、二階の窓から飛び降りた。すごい。

普通二階からなんて怖くて飛ばない。

見事な着地に惚れ惚れするが、さすがに衝撃が来たのだろう。足を押さえて少し呻いていた

が、すぐに回復して落ちたカバンを拾い、駆け出そうとした。

「いや逃がさないわよ」

走ろうとする彼女の服の裾を踏んづけると、レティシアはよろけて顔面から地面に衝突した。

痛そうだが足を引くわけにはいかない。

「あんたが逃げたら私がお妃教育から逃げられないじゃない」

私を認識したレティシアは、逃げるために必死に裾を抜こうと頑張っている。

「昼間は大変だねって共感してくれてたじゃない!」

「共感はするけど逃がしてあげることはできないの」

「ひどい! ほんの少しだけ仲良くできるかと思ったり思わなかったりしたのに!」

「それ思ってないってことじゃない!」

なんとか逃げようともがいているが、裾は抜けない。元庶民の脚力舐めないでもらいたい

わ!

「あんたが戻ったら妃教育はなしにしてくれるって話なのよ。絶対逃がさないわよ」

本当はちょっと違うけれど、　実際逃がしたらこいつの兄が何を言い出すかわかったもんじゃない。

「まあまあ見逃して」

「それで誰が見逃すか！」

「私の身代わりになれば晴れて国母！　やったね！」

「もうそれはあきらめたって言ってんでしょ！」

おだてて逃げる戦法に変えたようだが、そんなのに引っ掛かるわけがない。　肝心の王太子殿下はあんた以外興味ないって言ってる内容まったく意味ないから。

「レティシア、夜中にうるさい」

ようやく出てきたナディルはイラっとした様子を隠していない。　もしかしてこいつ私一人に押しつけて自分は熟睡しようとしていたのか？　今まで寝てましたって顔してるんじゃないわよ！

「兄様、このブリっ子どうにかして！」

「ブリアナだってば！」

兄に呼びかけるも、　無視されたレティシアは、追いつめられたかのように私を見て口走った。

「私を逃がしてくれたら兄様と結婚させてあげる！」

その言葉に私は固まった。

30

「なんですって?」

私はレティシアの顔をしっかりと見つめた。

「公爵家嫡男、二十二歳、頭脳優秀、運動神経ばっちり、高身長でなかなかの美丈夫。将来は約束されていると言っても過言ではない! 多少性格には難ありだけれども、それにさえ目を瞑れば好物件間違いなし! どう!?」

「乗った!」

私は踏んでいた足を離した。レティシアはすぐさま立ち上がり、攻防で出た額の汗を拭った。

「ありがとう、あなたたちのことは忘れない。兄様、ラブラブで過ごすのですよ」

「お、おい、レティシア」

「自由よー!」

レティシアは大声で叫びながら軽快な走りで去っていった。私はそれを見送り、ナディルに視線を向けると、彼はびくりと肩を震わせた。ナディルにこの展開は予想外だったらしく、にじりよる私に恐怖の表情を浮かべている。

「おい、落ち着け!」

「落ち着いているわよ! もう、婚約者がいないなら早く言ってよ! あなた、年齢も私に釣り合うし、見てくれだけはいいし、公爵家の跡取りだし、性格だけは悪いけどそれは我慢するとして、条件だけで見たらすごくいいじゃないの!」

これなら義父母も納得してくれるだろう。金持ち肥満中年の後妻より何倍もマシである。

「上流貴族は婚約者がいるものと考えていたし、性格の悪さから除外していたけど、いないなら話は別よね!」

「さりげなさを装ってコケにするな!」

ちっ、性格悪いと二回も言ったのバレたか。

でも性格悪いのは事実だから訂正しない。私はじりじりとナディルに寄っていき抱きつき押し倒した。

「おい、冗談じゃすまないぞ!」

「冗談なわけないでしょう? 責任取ってもらうならこれしか手はない!」

「お前まさか……」

さわさわと胸元を撫でまわす私に、ナディルが青ざめるが、気にしてなどいられない。気にしたら負けだ。

「既成事実を作るのみ!」

「よせよせよせ!」

いざ! とズボンを脱がそうとするが、相手も当然抵抗する。ぐいぐいお互い引っ張るせいで、ズボンを押さえているベルトが嫌な音を立てる。ベルトが壊れたらこちらのものだとばかりに引っ張るも、向こうもあきらめはしない。

はあはあとお互いの荒い息だけが響く中、伸し掛かっている私を、ナディルが足で退けよう

と動いた。ズボンに意識を集中させていた私はあっけなく足で払われ、後ろに転がった。

「痛ぁーい！」

「うるさい！　女投げ飛ばすなんてなんて奴なの！」

「男を襲うなんてなんてや……っ……？」

怒る私に対してナディルも怒鳴ろうとしたようだが、言葉尻がすぼむ。怪訝に思った私は彼

に目を向けた。

じっとこちらを見ている。　具体的にどこをと言うと、私のドレスの裾の大きく捲れた部分を。

「きゃー！」

ここまでしておいて今更だと思われるだろうが、私にだって恥じらいはある。　私が言ってい

た既成事実も、実際に為すのではなく、多少服を乱れさせて、おそらく追従してきているだろ

う、ナディルの部下なり、王太子の部下なりに目撃させ、言い逃れができないようにしようと

しただけである。

なので、実際そういうことになると、大変困る。

「ちょっと、見ないでよ！」

慌てて裾を直した私の手をナディルが握る。　背筋が冷えた。

「ちょっ、ちょっと……冗談よね……？」

引き攣る笑みで言うも、ナディルの手は私のドレスにかかる。

34

「きゃー！　嫌ー！　そういうのは結婚するまでだめー！」

「くっ、大人しくしろ！」

貞操の危機と思い、全力で暴れて叫ぶ私をナディルは事もなく押さえ込む。男と女の力の差を痛感させられた。

「ま、待って……本当に……」

「これはもうだめかも……。」

涙目で少しあきらめたとき、ナディルが少しずつ裾を捲る。終わった……と脱力するも、ナディルはそれ以上手を動かさない。つまり肝心な部分を捲らない。

あれ？　様子がおかしい……？

おそるおそる彼を見ると、私の足を見て、何か思案している。辛うじて下着は見えていない。

何？　足フェチ？　足フェチなの？

「あのぉ……」

私が声をかけると、はっとしたように仰け反った。私はその隙に裾を直す。

「あの……」

「そんな貧相な体で食指が動くと思うな！」

ナディルはこちらを見ないでそう言うと、足早に私を置いて立ち去った。

「は、はあ!?」

一人取り残された私は疑問の声を上げる他なかった。

◇◇◇

「なんなのよぁぁいっ！」

ドレスを脱ぎ捨て、ベッドに飛び込む。

レティシアは無事王太子殿下が捕獲したらしい。今は王城にいる。

しかしながら、今私の頭を占めるのは、あのお転婆娘ではなく、その兄だ。

「人の足を舐めるように見ておいてあの言い草……！」

普段人に胸ばかり見られている私だが、実は隠れ自慢は足である。深窓のご令嬢のような、ほっそり折れそうな足ではないが、労働でほどよく付いた筋肉のおかげで、引きしまったなかなかの脚線美なのだ。

「しかも貧相な体って！」

むしろ豊満すぎて自分でも持て余しているというのに！

「許すまじ……」

恨み言を呟きながら枕に顔を押し当てる。

だがしかし、最後の言い草はあれだが、あのときのあの行動。

36

「あれは脈ありなのでは……？」

少なくとも気に入っていない女のドレスを捲らないだろう。

「よぉし！　玉の輿よー！」

「ブリアナ、お風呂入る？」

「入ります！」

部屋で一人燃えている娘を気にせず、おっとりと訊ねてきた義母に答える。

お風呂入って自分をピカピカに磨いて、押して押して押しまくってやる！

幸い、王太子殿下たってのお願いで、レティシアの話相手をすることになった！　レティシアへのその優しさを私にも分けてほしかった。

込めていると気分が滅入るだろうからという計らいだ。王城に閉じ

「為せば成る！　突き進むのみ！」

「ブリアナお風呂……」

決意を新たにしている私に、義母は困り顔で立ち尽くすのだった。

ありがたいことにチャンスはすぐに訪れた。

「ナディル様ぁ！」

王城を訪れたところに、たまたま現れたナディルを見つけ、猫なで声を出しながら近寄っていくと、あからさまに嫌な顔をされた。

なぜ私が王城にいるかと言うと、例のレティシアの話相手として呼ばれたのである。相手をするたびにお小遣いをもらえるので嬉しい。

ちなみにお小遣いは本当にちょっとだったが、たぶん王太子殿下が個人的に出しているものだと思うので、文句はない。別にレティシアと話をするのも嫌いではないし、最近はだいぶ心を開いてもらえたと思う。

「奇遇ですねぇ」

「レティシアに会うんだろう？　さっさと行け」

「いやんツレないところも素敵ぃー！」

「…………」

化け物を見るような目をされた。おいこら失礼だろうが。

だがそんなことでへこたれる私ではない。こっちは精神面の強さだけは誰にも負けない自信があるんだ。精神頑丈じゃないと、義父がとんでもない額の借金した時点でショック死している。

「ナディル様は王太子殿下に会いに来たんですかぁ？」

「ちっ」

要件を訊いただけで舌打ちされた。

そのまま何も答えずスタスタ歩き出すので慌てて追いかける。

「ナ、ナディル様ぁー！　待ってくださいよう！」

背に向かって声をかけると足が止まった。

「お前……その話し方」

「あ、すみません」

大真面目なトーンで言われて背筋を伸ばす。　間延びした声も思わず引っ込んだ。　どうやら私の話し方はお気に召さなかった様子だ。

「お前はそんな話し方をしなかったはずだ」

まあこれ媚び用に作ってるキャラだからね。　意識しなかったらしないよねこんな話し方。

「いいか？」

ずいっ、とナディルが私に近寄って肩を摑んで私の顔を覗き込んだ。　こいつ私のことすぐ摑みすぎじゃない？

「昔のお前は、そんな話し方をしなかった。　わかったな？」

「は、はい……」

昔って、そんな表現使うほど私とあなた旧知の仲じゃないんだけど。

疑問が浮かびながらも頷いた私に満足したようで、ナディルは去っていった。

アプローチ、大失敗。

一度や二度の失敗でへこたれたら負けよね！

「というわけで今日も今日とて会いに来たわよ！」

「帰れ」

即帰宅を命令された。

話し方は本人が気に入らないようなので、元々の話し方に戻した。

猫被ってないときの私も知っているのだから、そりゃ気に入らないわよね！

「何が嫌？　可能な限り直すから言ってよ」

「帰れ」

返される言葉は変わらない。

しかし、いきなり突撃した割に家に入れてくれたのだから頑張ればなんとかなるんじゃないだろうか。ポジティブでないとやっていけない。

「ほら、私と結婚したら、好きなだけ胸揉めるわよ」

「お前自分で言っていて悲しくないか?」

悲しいに決まっているでしょうが!

可能ならこんなはしたない言動したくないわよ!

「しょうがないでしょ! 私の武器はこの肉体しかないんだから!」

「可哀想な奴だな……」

同情された。

やめて、そういうの一番心にくるから。いっそ「このアバズレ!」って怒鳴られたほうがマシだからやめて。

「じゃあ足? 好きなだけ足触りなさいよ!」

「おい、痴女がいるぞ! 摘み出せ!」

「あ、待ってごめんなさい、執事に追い出させないで待って待って!」

呼ばれて出てきた執事に対して、私害ないですよとアピールするために両手を上げる。執事は私とナディルの顔を交互に見ながら思案している。自分なりの答えが出たのか、ポン、と手を叩いた。

「あ、わかりました! ナディル坊ちゃんのコレですね?」

「お前クビな」

「殺生な!」

コレと言って小指を立てた、私とそう年齢が変わらないように見える執事は、悲痛な声を出しながら主に謝っている。

「追い出されたら生きていけませんよ！　坊ちゃーん！　ねー！」

「うるさい、坊ちゃん言うな」

「だって言い慣れているんですもん。あ、この人追い出せばいいんですね！」

そうすればお咎めなしと思ったのか、執事は急にこちらに向き直った。

執事が主にそんな馴れ馴れしい態度でいいのか、とか、ナディルがそれを許しているなんて、だとかを気にしていたら、動きが遅れた。

ひょい、と執事に担がれ、屋敷の扉の前に打ち捨てられた。

「ちょっと！　ポイポイ人を放らないでよ！」

抗議するも、扉の前の定位置に戻った執事はぴゅーぴゅー口笛吹いて素知らぬ顔だ。

ナディルもなかなかな性格してるけど、この執事もいい性格してる……！

ナディルは律義にも追い出した私の前に立つと、心底馬鹿にした表情で言った。

「おい、無駄なことするな。今度来たらお前の親に言うからな」

「あ、親はやめてください、お願いします」

心の底から額を地面につけて懇願した。

親だけはやめて。叱るとかじゃなくて私に苦労をかけていると思って泣いちゃうから義父母。

「ふん、じゃあしばらく大人しくするんだな」

義父母を出されては引き下がるしかない。

渋々帰り道を歩きながら、思ったより打ちのめされている自分に気付いた。

意外とメンタル弱かったのかも。ちょっとくじけそう。

でもまだあきらめるわけにはいかない！

「お父様お母様、ブリアナはやります！」

闘志をメラメラ燃やす私を、道行く人が不審に思っていることなど気付く由もなかった。

「久しぶりー、ブリっ子！」

ナディルにかまけて少しだけ期間が空いてしまった。王城にいるレティシアのもとを訪ねる

と、すぐさま侍女のマリアに指示を出して大量のお菓子を持ってこさせた。

……この間太ったって言っていなかったかしら。

そう思うも口には出さず、お菓子を摘む。さすが王族御贔屓（ごひいき）の高級洋菓子店のクッキー。サ

クサクした歯ごたえながら、しっとりしたバターの風味がたまらない。一つ二つ、と口に運ぶ

私を、レティシアは恨みがましい目で見てくる。

「太ったと思い悩む私の前でそんなにクッキーを頬張るなんて……嫌味？」

「あんたが用意させたんでしょう!?」

目の前にクッキーを山盛りにしたのはレティシアなのに、理不尽である。

「そうだけどぉ……」

私が口にしているクッキーの山に目を向けながら、レティシアが歯切れ悪く言う。

……太ったことはやはり気にしているらしい。レティシアはクッキーに手を付けたそうにソワソワしながらも、我慢していた。

「大体、ここのお菓子が美味しいのがいけないのよ。そう思わない？」

「いや、私は太らないから」

「いいわよね！　胸に付くタイプは！　腹に付くタイプの私と違って！」

何か逆鱗に触れてしまったらしい。レティシアは自棄になったのか、クッキーを一枚口にした。途端、怒って上がっていた眉尻がほわりと下がる。

こういうところを王太子殿下は気に入ったのだろうなあ、と思いながら、マリアが淹れてくれたお茶を口に含んだ。ああ、高級茶美味しい……。

「で、どうして最近来てくれなかったのよ」

クッキーを食べて少し落ち着いたらしいレティシアが訊いてきた。

「いやあ、借金返済とかあれやこれやとか、あとはナディルになんとか結婚してもらえないか

44

なあと思ってアプローチに忙しかったというか」

「え!? 兄様のことあきらめてなかったの!?」

レティシアが驚愕の声を上げた。

「いや、あんた……一回目の脱走のとき、ナディルと結婚させてくれるって言ったじゃない！ 全然できないんだけど！」

「いやぁ、私にそんな権限あるわけないでしょ？ ほら、あれよ、口から出まかせってやつよ！」

胸を張って言われると腹立たしさ倍増である。

少し機嫌を損ねたのがわかったのだろう。レティシアがクッキーを追加した。うん、まあクッキー貢いでくれるなら許そう。

私がまた一つ口に含んで、落ち着いたのを見計らって、レティシアが口を開いた。

「でも本当に兄様でいいわけ？ 妹の立場から言わせてもらうけれど、おすすめしないわよ？ 性格悪いわよ？」

実の妹に性格悪いと言われるナディル。

確かに性格は良さそうではない。でも私にとってそれは二の次なのである。

「裕福に育ったレティシアにはわからないんでしょうけれど、世の中ね、何よりお金なのよ」

「いやだわ、マリア、耳ふさいでなさい。病んだ女がいけないこと口にしてるから」

病んだとは失礼である。少し疲れているだけだ。

46

「あんたこそ、いい加減あきらめて結婚したら？」

「やだ。まだ逃げる」

レティシアは私たちが捕獲作戦を決行した際、無事に王太子殿下に捕まった。その後、王城でこうして一室を与えられ、結婚まで外に出ないようにされているが、たびたび脱走し、王城をにぎわせている。

あきらめ悪く、まだ逃げる気満々のレティシアに、もうあとたった数日で結婚式だとは言わないことにした。

そうして迎えたレティシアの結婚式。

レティシアはなんだかんだとまだ逃げようとしていたが、最終的に、抱きしめ返しているのだから、幸せな結婚なのだろう。

――いいなあ、愛されるって。

ちゃっかり結婚式でナディルの隣を確保したけれど、もちろんそれは本人からそうしてくれとお願いされたわけではない。図々しく私が隣に陣取っただけだ。

「いい結婚式ですね」

歓声がやまない中、ナディルに声をかける。

「そうだな」

そう言いながら、ナディルは穏やかな顔をしている。

――どうでもよさそうにしながらも、妹の幸せが嬉しいのだろう。兄妹そろって素直でない。

「ナディル様」

「様付けで呼ぶなと散々言っている」

「あ、すみません」

ナディルはどうも、私に敬語と敬称をつけられるのが嫌らしい。そうしないように散々言いつけられている。

公（おおやけ）の場だから一応様付けしたのだけれど、気に入らなかったらしい。

「なんだ」

「自分も結婚したいなあとか思ったりしない？」

「ない」

一蹴（いっしゅう）された。

空気に流されるとかこの男にはないのだろうか。

「でもほら、幸せそうでいいなあと思わない？」

「今は必要ない」

48

とりつく島もない。そりゃ、地位のある男は焦ることないでしょうけれど、女の適齢期は短いのだ。

というわけで私は今非常に焦っている。とても焦っている。借金の返済も迫っている。

「えっと、じゃあ……」

少し言いづらいながらも、図々しくなければ生きていけない、と思い、意を決して口を開いた。

「なんかこう、ポーンと大金払えるような若い金持ちとか紹介してもらえ──」

「あ?」

ドスの利いた声で返され、反射的に謝罪する。ナディルは前を向いたままだ。

「あ、すみませんごめんなさい」

厚かましすぎたか……。

自分が纏わりつかれるよりはいいかと思って、その広い顔で誰か紹介してくれないかと提案したのだが、だめだったらしい。

となると、やはり今一番可能性のあるナディルに賭けるしかない。

幸い、ナディルの妹のレティシアの友達という立場がある。会う機会はある。

──借金問題も解決して、花嫁姿も見せて、親孝行してみせますからね、お父様、お母様!

私はウェディングドレスを着たレティシアを見ながら握りこぶしを作った。

——なーんて思っていた時期もありました。

　私はその後もあきらめずにナディルに迫ったが、何度か家に行くも会えず追い返される日々が続いた。避けられていたのだろう、王城でも会えず、収穫は一切なかった。

　しかし、借金の返済期限もある。いつまでもナディルだけに構っていられない。

　私はナディル一本にかけるのをあきらめ、夜会への参加に精を出すことにした。

　しかし結局、手ごろな相手は見つからず、現在に至る。

　あれからレティシアとは、それなりに仲良くしているが、ナディル本人とはまったく何もなかった。

◇◇◇

　だからなぜ呼ばれた？と疑問に思うも、夜会は貴重な出会いの場。

　参加の返事を出し、今日はドルマン公爵家主催の夜会当日である。

「ブリアナ様ですね。どうぞこちらへ」

　受付でそう言われ、他の参加者とは別のところに行くと伝えられ、案内係をつけられる。

　あれ？　いつもの夜会ではそのまま会場へ連れていかれるだけなのに。

　不思議に思いながらも、騒いで目立つのも嫌なので、そのままついていく。夜会会場から少

し離れた一室の前に着くと、「こちらです」とだけ言って案内してくれた人は去っていった。

自分で勝手に入れってことか？　なぜ開けてくれない……。

不満に思いながら、おそるおそる扉を開けると、中には一人の男性が立っていた。

今回の夜会主催者の息子、ドルマン公爵嫡男、ナディル・ドルマンである。

こちらを見た彼は、一瞬でその表情を不機嫌なものに変えた。

「扉はノックをしろ」

もっともであるが、勝手にここまで呼んでおいてその言い草。

むっとして口をつぐんだ私に構わず、さらに言い放つ。

「乳がでかすぎる」

これにはさすがの私も驚きの声を上げた。

「は、はあ⁉」

「でかい乳をそんなに見えるようにするのは下品だ。おい」

ナディルが声をかけると、すっ、と使用人がショールを差し出した。

「これを肩から掛けろ。まったく、はしたない女だ」

「は、はしたなくないわよ！」

抗議しながらも、やや肌寒かったので素直にショールを羽織る。上質な生地で、今後このよ

うな布を触る機会はないだろうと思い、何度か撫で摩った。

「よし、行くぞ」

「え、どこによ」

私が羽織るのを満足気に見ていた男が、　勝手に歩き出したため、慌ててそれについていく。

「どこって……今日は夜会だろう」

「それは知ってるわよ！」

「夜会会場に行く」

「え？」

夜会会場にこのまま行く？

待って待ってそれって。

「夜会のパートナーってこと？」

「そうだ」

そうだって！　そうじゃないでしょう！

「困る！　私結婚相手探さなきゃいけないの！」

「勝手に探せばいい」

「パートナーとしてあなたが隣にいるのに？　無理だわ！」

「じゃああきらめるんだな」

さらりと彼は言う。こちらは毎回の夜会に文字通り決死の思いで挑んでいるというのに！

拒否の意を伝えるために立ち止まったら、右手を摑まれてずるずる引きずられていく。

「周りが身を固めろとうるさくなってきた。報酬はやるから大人しくしていろ」

「無理！　無理！　代役だとしても身分が低すぎて釣り合い取れないからやめたほうがいいわよ！」

「残念ながら俺の親は身分を気にしない恋愛至上主義者だから、十分誤魔化せる」

「嘘だー！」

拒否を続けるも、あっけなく会場前に着いてしまった。

「前に俺を襲ってきた女とは思えないな」

「だってあのときは既成事実作ればなんとかなるかと思ったの！」

もちろん今はそんなことは思っていない。面倒事からは距離を置きたいと思っている。

私の気持ちを知っているはずなのに、ナディルは口の端を上げた。

「よかったな、これで俺の相手だと思われるぞ」

「嫌──！」

叫んで拒否しても、所詮男と女。勝負はあっけなくついた。

徐々に開いていく夜会会場の扉と、人々の熱気に反比例して、私の血の気は引いた。

隣で美丈夫と言える男がにやりと笑った。

53

絶対に、絶対に、二度と男に迫って尻尾を摑まれることはしない。

そう決意しながらナディルと共に扉をくぐる。

扉の先は、今まで参加してきた夜会が子供の遊びに思えるほど優雅な世界だった。

借金男爵の娘が参加できる夜会などたかが知れていたっていことだ。

少し自嘲したくなったけれど、さりげなくナディルに足を踏まれて気がそれた。というか、

仮にも令嬢の足をわざと踏むってどういうこと!?

思わずエスコートしている男の顔を確認すると、さっき私を無理やりパートナーにした腹黒

男とは思えない穏やかな微笑みを浮かべていた。

そうだった。こいつ、仕事ができる男だった!

悔しい気持ちになっていると、腰に回されている手で脇腹をつねられた。しっかりやれって

ことか!?　しっかりやれってことだな!

強張りそうな顔をなんとか緩め、精一杯の笑みを浮かべる。

どうやら及第点だったらしい。つねる指が緩められた。

ゆっくり進むと人々が寄ってきた。なんといっても今日の主催者の息子だ。挨拶をする必要

がある。

54

「ご招待ありがとうございます、ナディル様」

「今日も見目麗しいお姿ですこと……」

「私のことを覚えていらして?」

次々来る招待客を、ナディルは慣れた様子であしらう。さすが大貴族様。そろそろ頬がぴくぴくしそうな私とは大違いだ。

独身貴族も続々挨拶に寄ってくる。ああ、なんともったいないこと。私一人のときはこんなに来ないのに!

いい夜会に集まる、有望そうな独身貴族たち。それに声をかけることもできないなんてなんたること。私は微笑みながら、心で涙を流した。

「ところで、そちらの方は?」

きた!

私はピクリと肩を震わせる。ナディルが目で自己紹介しろと促してきた。

「お初にお目にかかります。ラリクエル男爵が娘、ブリアナと申します」

今回は身分差にこだわらない夜会と聞いていたため、軽い礼を取って挨拶した。この豪華さで軽いパーティーだと言い張るのだからすごい。高位貴族にとってはきっとこれでは物足りないのだろう。

すぐ目に前にいた伯爵と名乗った男性が、ナディルに話しかけた。

「これはこれは。こんな綺麗な女性をどこで見つけたのですか？」

「妹の紹介ですよ」

「ほう！　あの王太子妃殿下の！」

伯爵は感嘆の声を上げた。その声で、彼の王太子妃像と私の知っている王太子妃とは大きな乖離があることがよくわかった。あなたが尊敬しているだろう王太子妃殿下は、昨日元気に木登りしていましたよ。

「では、父に挨拶に行きますので」

ナディルはそつのない仕草で私をエスコートしながら輪の中から抜けた。

「……父？」

引っ掛かった単語を私は繰り返した。ナディルは先ほどまで見せなかった嫌味な笑みを浮かべる。

「今日は父と母が主催だ。挨拶をするのは道理だろう」

確かにこの場にいるらしい父母をわざわざ無視する必要はないが、嫌な予感がした私は、ナディルから距離を取れないかと身をよじるも、逞しい腕に支えられ、それもできない。ぐいぐいとナディルの父と母がいるであろう場所に引っ立てられる体に恐怖を感じる。会いたくない。

しかしそんな願いはもちろん叶わず、ナディルの親とは思えない人の好さそうなご夫妻の前

に行き着いた。

あまりに似ていない雰囲気に、不義の子なのかとナディルを見れば、顔に出ていたようで静かに睨まれた。

「ナディル、久しぶりですね」

母親らしい人物が穏やかな口調でナディルに話しかける。

「母上、お変わりないようでなによりです」

にこりと爽やかに笑うナディル。親の前でも猫被ってるの？　いい子ちゃんしてるの？

思っていることが伝わってしまったようで足を踏まれた。レディの足を踏むな！

「お前に追い出されてからなかなか会えなかったが……うぅ……レティ……」

父親は泣いた。どうやら親に猫被ってる説は違ったらしい。他人が周りにいるから面の皮を厚くしているだけのようだ。

「レティシアは結婚して幸せにしていますよ」

「うぅ……私はもっと手元に置いて可愛がる予定だったんだぁ……」

さめざめと泣く父親とナディルは、纏う雰囲気が違いすぎて全然親子に見えない。

父親の台詞から考えるに、妹を王族と結婚させるために、親まで排除していたようだ。本当に性格悪い。

泣く父親とナディルを見ながら、父親に同情していると、こちらに気付いた母親が首を傾げた。

「こちらの綺麗なお嬢様は？」

お世辞であっても綺麗と言われて悪い気はしない。私はにこりと笑い、礼をする。

「ラリクエル男爵が娘、ブリアナと申します。本日はご子息のパートナーとして参りました。よろしくお願いいたします」

今日の夜会のパートナーなだけで、それ以外のなんでもないですよ、という意味を込めて言うと、言葉を汲み取ってくれた様子のナディルの母は、ニコリと笑った。

「私はナディルの母、シェリーです。ほら、あなた、夜会で泣くなんて恥ずかしいことしないで」

「うぅ……カーティスです……よろしく……」

シェリーさんに促され、泣きながらカーティスさんも挨拶をしてくれた。

これで一仕事終えたとほっと息を吐くと、ナディルがとてもいい笑顔で爆弾を落としてくれた。

「俺の婚約者です」

ぽかんと間抜けに口を開ける私。あら、と困ったように微笑むシェリーさん。なぜかさらに泣いたカーティスさん。

シンと静まり返ったその場に次の瞬間響いたのは、こちらの動向を窺っていたご令嬢方の悲鳴だった。

◇◇◇

ただの夜会のパートナーのはずだったのに、一夜にして私はナディル・ドルマン次期公爵の婚約者として知れ渡ってしまった。

「どういうことよ!」

バンッとテーブルを強く叩くも、ナディルは動じない。

ここは夜会後に連れてこられた公爵邸のナディルの部屋だ。私の住んでいる男爵家の家より何倍も大きな敷地と豪華さを誇るそこで、私とナディルは対峙していた。

「どういうことと言われても、初めに言っただろう。身を固めろと周りがうるさいと」

「でもただの代役だって……!」

「そんなことは一言も言っていないが?」

確かにはっきりそう言われていないので、言葉に詰まった。なるほど、つまり私は騙されたわけだ。

「卑怯者……」

「なんとでも言えばいい」

涼しい顔をしている男の顔を殴りたい。でもそれをなんとか堪えた。

一度ならず二度までも騙されるとは、自分が情けない。

「あくまでフリだ。かりそめの婚約者として大事にしてやる」

人の悪い笑みで笑われても、まったく納得できない。

「だから、私はそんな茶番に付き合っている暇はないの！」

文字通りの独身貴族の遊びに付き合っていたらこちらが婚期を逃す。そして家は没落する。

「お前にとっても悪い話じゃないぞ」

ナディルはこちらの考えなどお見通しだというように、鼻で笑った。

「報酬はやると言っただろう」

夜会に参加する前に確かに付き合えば報酬をくれると約束した。

「お前の実家の借金、全額返済してやる」

私は驚きに目を見開いた。

借金のことは知られているだろうと思ったが、それを全額返済？

私はあまりの提案に、震える声で言った。

「あ、あんた……うちの借金いくらかわかってるの……？」

「六千万リールだろ？　安くはないが、まあどうにかできない額ではない」

ナディルは肩をすくめた。

「というか、どうやったらこんなに借金こさえられるんだ？」

「お、お父様は人がいいのよ！」

60

人が好きてあっさり騙されてしまう人だ。でも大好きな父だ。馬鹿にしないでほしい。どうにかできない額ではないというが、平民が一生働いても十分の一も返せない金額だ。そんな大金をあっさり返済してくれるという。

「そんな……割に合わないでしょう?」

「それは俺が決めることだ」

はっきり言い切られる。

「俺は金を出す代わりに、お前を婚約者にする。お前は没落しかけている実家を守れる。みんな利害が一致している。文句あるか?」

ない。まったくない。こちらとしてはありがたすぎるぐらいだ。ただ、ナディルがそこまでする必要があるようにも思えない。

じっと見つめるも、これは彼にとって決定事項らしい。そこから無視を決め込まれた。どことなく納得はできないながらも、こちらとしてはありがたい。

「ありがとう……」

礼を述べるとナディルは満足そうな顔をした。

「でも、私を婚約者にしたら、あんたもしばらく結婚できないけどいいの?」

私が尋ねると、ナディルは当たり前のことを訊くなとばかりに眉を顰めた。

「まだ結婚はしない」

言って視線をそらされた。

「時期じゃないからな」

もうしばらく独身貴族でいたいということだろうか。

私のほうは今まさに結婚適齢期なので、婚約者役が長引けば、結婚は難しいかもしれない。

でもやっぱり、没落しないことが一番大事だ。

ごめんなさい、お父様お母様、私の産んだ孫は見せてあげられないかもしれないけれど、で

も、その場合養子取るから！　義理の孫は作れるから！

「ああ、それと、レティシアに優秀な侍女を一人取られて、今我が家は人手が足りない」

何をどうしたら、それと、と話がつながるのだろうか。

「へえ、そうなの？」

「その侍女は優秀でな。レティシアの身の回りのことだけでなく、掃除などの、メイドの仕事

も担っていたんだ」

あ、オチが読めた。

「ごめんなさい、両親が心配するからそろそろ帰らないと……」

席を外そうと立ち上がろうとするも、腕を引かれて椅子に戻った。ああ、お願い。口を開か

ないで！

「お前、実家では、メイドの仕事もしてるんだってな？」

「どうしてそれを……」

「仮にも婚約者にする相手のことは調べている」

私はあんたのこと大して知らないのだけど……。

勝手に調べられていることにもイラっとしながら、言葉を待った。

「メイド、やるよな?」

「やりませんけど?」

ぐっ、と握られた腕に力が入れられる。

「や、る、よ、な?」

「い、や、で、す!」

逃げようと立ち上がり腕を引き抜こうと頑張るも全然力を緩めない。こいつ、仮にも乙女の腕をなんて力で握ってるのよ!

「やらないってば! 婚約者役はやるんだからそれでいいでしょ!」

「いいわけあるか。それだけじゃ、お前が言った通り、割に合わない」

やっぱりただ婚約者役やるだけでは割に合わないと思われていたんだ!

「婚約者役をしている間、うちでメイドをやるということも込みでの肩代わりだ。それが嫌ならやめるか?」

「う……」

やめられるはずがない。

私は立った姿勢から、渋々座り直し、人生で出したことのないほど低い声で、「やります」と答えた。

ナディルはそんな私を満足そうに見て、頷いた。

「よし話はついたな」

こちらとしてはやや不本意だけどね……。

むっつりしていると、ナディルが布を投げつけてきて、私の頭に被さった。

「ちょっと……！」

「それに着替えてこい」

抗議しようとした声は遮られた。布だと思った物は服だった。それも白と黒がメインの、メイド服だ。

「……本当にメイドをさせる気なのね」

「そう言っているだろうが」

渋々そのメイド服を胸にかかえる。

「どこで着替えればいいの？」

「ここを出て右隣の部屋を使え」

メイド服と共に部屋を出ていき、言われた通り右の部屋に入る。ベッドと机、一人掛けの椅

64

子に小さなチェスト。見た感じ使用人部屋だけれど、やけに広い。それこそ、隣のナディルの

部屋と広さとしては同じぐらいだ。

「なんか変ね……」

使用人は普通もっと小さな部屋で、主人とは離れたところに住むはずだ。こんな真隣などあ

りえるか？

まあ、細かいことを考えたらキリがないと頭を振り、メイド服を広げた。

「なっ……」

メイド服の全貌が明らかになって私は絶句する。あ、あいつ……！

私は部屋を出てナディルのもとへ戻った。

「ちょっと、これは何よ！」

メイド服を手に持って戻った私を見て、ナディルは舌打ちした。

「ちっ、着なかったか」

「当たり前でしょう!?」

私は顔を赤くして怒鳴る。手に持っているのは、フリルがふんだんにあしらわれたメイド服。

スカートの丈はとても短く、着用して少し屈めば下着が見えること間違いなしだ。

明らかに仕事用ではない。

「こんなの着て働けって言うわけ!? とんだセクハラだわ！」

「いや、ちょっと一回着ているのを見たかっただけだ」

「それで着た私を笑う気なのね？　この性悪！」

このメイド服はとても可愛らしい。清楚な少女が着ればさぞ癒しになるだろう。

それが一転、私が着ればあら不思議、驚くほどにその服の良さを消す。

つまりまったく似合わないのだ。これは体にメリハリのある人間には向かない。

「それ、お前が売っていた服だろうが」

「うっ」

そう、なぜこのメイド服にこんなに詳しいかと言うと、これは私が利子を返すためにしてい

た商売の一つだからだ。結構売れた。

「これは実用向きではないのよ……」

言いながらメイド服を返す。

「そうか……残念だな……」

何が？

「ほら、じゃあこれを着ろ。これなら問題ないだろ」

新しく別のメイド服を渡され、今度は部屋を出る前に形を確かめる。裏返しにしたりして確

認するが、どこからどう見ても普通のメイド服だ。

ほっとしてそれを胸に抱えて部屋を出る。隣の部屋に入り、ドレスを脱いで、メイド服に袖

66

を通す。ボタンを首筋までしっかり留める。サイズも問題なさそうで、安心した。

「胸だけ入らないことがあるのよね」

なかなか理解されない苦労を一人呟き、ナディルのもとへ戻った。

「ばっちりだったわ!」

「ああ」

ナディルは着替えを済ませた私を上から下まで舐めるように見た。

「ぴったりか……」

「何?」

やや残念そうな声音だったが内容がよく聞こえず訊ねるも、ナディルはなんでもないと首を振った。

「あとは部屋だが、今着替えた部屋を使え」

「ああ、やっぱりそうなのね。急ごしらえした感じの使用人部屋だと思ったのよね」

広い部屋に対して質素な家具。大きさも合っていなくてちぐはぐだった。元々使用人部屋じゃないところに、家具だけ使用人用にそろえた様子だった。

「あれ? でも隣でいいの?」

「ああ、問題はない」

ナディルは椅子に座ったままほくそ笑んだ。

「そのほうが都合がいいからな」

にやりと笑った男に嫌な予感しかしない。今のところその予感は百発百中だ。

「今日からここに住んでもらう」

「……はい？」

言われたことが理解できず、首を傾げる私に、ナディルはやれやれと首を振った。

「住み込みで働いてもらうと言っているんだ。わからないのか」

「は？　住み込み？　聞いてない！」

「今言った」

抗議の声を上げる私に対して、言った本人は涼しい顔をしている。

いや、おかしいとは思っていた。部屋にあったベッドは仮眠を取るにしては立派なものだったし、いくつかの服をしまえるチェストもあって、通いにしてはおかしいなと思っていたのだ。

「でも私義父母のお世話があるし……」

使用人みんな辞めてしまったからね……。

義母も家のことを少しはできるようになったが、不慣れな上、年齢も年齢だ。家のことを任せて住み込みなどとてもではないができない。

「大丈夫だ、安心しろ」

不安な様子を見せる私にナディルは言った。

「お前の家には一人使用人を送った」

「は……？」

使用人を送られても、その人の分の給金出せないんだけど。

「元々うちの使用人だ。金は俺が出す」

「……いやそもそも一人使用人が足りないのに、さらに減らしてどうするの？」

私の疑問はもっともだと思う。人手不足だから働けと言われたが、これでは結局私と使用人を交換しただけで、労働力的に何も変わらない。むしろ慣れない場所で働く分、労働力はマイナスだし、ナディルの支出も増えるだけだ。

「まだわからないのか」

ナディルがまた鼻で笑った。

「ただの嫌がらせだ」

「……はい？」

「え？　何、ただの嫌がらせで私メイドさせられるの？」

「そうだ」

「私への嫌がらせってだけ？」

「そうだ」

「嫌がらせのためだけにわざわざ部屋用意したりしたの？」

「そうだと言っている」

何度も確認する私にナディルが多少イラついた様子を見せる。

というか、本当にそれが理由なら――。

「性格が悪い！」

「知っている」

私の罵倒も気にしない様子でナディルは紙の束を渡してきた。

「何これ？」

「明日からのお前が担当する仕事について、この家での過ごし方が書いてある。わからないことは明日訊け。今日は風呂に入ってもう寝ろ」

そう言うと、私の背を押して自分の部屋から追い出した。

今日から扱き使われる覚悟だった私は多少拍子抜けしながらも、休んでいいと言われたのだからと与えられた自室に戻った。

仕事をしないなら今日はもうメイド服を着ている意味はない。着替えようとチェストを開けた。

「あ、部屋着っぽいの発見」

動きやすそうな、シンプルなワンピースを見つける。私はメイド服を脱いで早速それを身に着けた。

「あと中にあるのは……」

同じようなワンピースがもう二着。さっきのとは別のメイド服が二着。どうやって調べたのかわからないけれど、私のサイズに合った下着が数点。

そして――。

おそるおそるそれを取り出す。

「ネ、ネグリジェ……」

しかもスケスケタイプだ。

私はネグリジェを床に投げつける。くそお、小さな嫌がらせをしてくる！

「あ、あいつぅー！」

隣の部屋から笑い声が聞こえた気がした。

「ナディル様ー！　起きてください！」

紙に書かれていた仕事の一つ目をこなすため、ナディルの部屋の扉をコンコンとノックしながら声をかける。しかし反応はない。

うーん、どうやって起こすべきか書いてなかったんだよなぁ。部屋に入っていいのかなぁ。

しかし、いきなり部屋に入ると機嫌を悪くする可能性もある。私はもう一度扉を叩いた。

「ナディル様ー！　朝ですよー！」

ドンドンドンと叩く。低血圧なのだろうかと考えていると、中から声がした。が、扉越しなのではっきり聞こえない。私は扉に耳を当てた。

「もっと近くで起こさないと起きない」

子供か！

「ナディル様！」

本人の言う通り、近くで大声でも出してやろうと乗り込んだ。

「うっ……」

朝の陽ざしを浴びるナディルを見て一瞬言葉を詰まらせる。

性格の悪さですっかり忘れていたけど、こいつ見た目はいいんだったわ！

キラキラと顔に朝日を受ける様は、うっかり見惚れてしまうものだった。

普段着ているきっちりした服ではなく、寝間着姿だからだろうか。妙に無防備で、なぜかその色気があるように感じてしまう。

あ、まつ毛長い……と考えていたら思わず顔を近づけてしまった。慌てて顔を離す。危ない

危ない！

私が離れた瞬間、舌打ちが聞こえた気がするけれど、きっと気のせいだろう。

72

私は必死で自分に言い聞かせた。

――こいつの性格は最悪最悪最悪最悪……よし、ただの悪魔に見えてきた！

「ナディル様！　起きてください！」

耳元で叫ぶと、ピクンと反応した。しかし目を開けない。

「というか起きてるでしょ！　さっきしゃべっていたじゃない！」

「ちっ」

嫌々といった感じで目を開けたナディルは毛布を捲って体を起こした。

「次からはもっと色っぽく起こせ」

「はぁ？」

何言ってるんだ、こいつ！

「そんなサービスありません！　ほら、さっさと起きてください！」

「おい、言葉遣い」

「え、ああ、すみません。つい」

「そっちじゃない」

うっかり乱暴な言葉遣いになってしまい、慌てて言い直す。しかし、ナディルが言っているのは敬語のことではないらしい。

「普通に話せ」

「え？　でも一応メイドなので、敬語のほうが……」

「普通に話せ」

「わ、わかったからいちいち肩摑んで凄んでこないでよ！」

何か言いたいことがあるときの癖なのだろうか。肩を摑むナディルの手を、離せと振り払った。

「様付けもするな」

「え？　でも」

「いいな？」

「わかったわかった！」

再び肩を摑まれすぐに返事をした。ナディルは満足したのかベッドからおりる。

「おい」

「何？」

「着替え」

うっ……本当にするのか……。

昨日もらった紙に書かれていた仕事の一つ。『着替えの手伝い』をしろと言っているのだろう。

「ねえ、これ執事さんにやってもらって、私は慣れた掃除とかのほうが」

「着替え」

聞いちゃいない。

私は渋々用意された服をナディルに手渡した。ナディルが怪訝な顔をする。

「何よ?」

その表情の意味がわからず訊ねる。

「脱がせろ」

「はあ?」

「手伝うというのは服を手渡すことじゃない。脱がせて着せろ」

脱がせて着せろ。

目の前の男はそう言ったのだろうか。

私は未婚の令嬢だ。当然ながら異性の着替えを手伝ったことはない。そんな私に、着替えを

手伝えというのだろうか、この男は。

私は動揺を悟られないように、胸を張った。

「自分で脱いで着替えることもできないの? 子供みたい」

「俺を怒らせて逃げようとしてるんだろうが無駄だぞ。早くしろ」

考えを読まれている。

逃げ道がないようなので、ゆっくりナディルに近付き、着ている服のボタンへ手を伸ばした。

「……やっぱり自分で着替えたり」

「しない」

「そうよね……」

うぅ……私お父様以外の男の人の裸なんて見たことないのに……。

あれ、待って、見なきゃいけるんじゃない？

「……何をしているんだ？」

「目を瞑って着替えさせられるかなと思って」

「全然できてないぞ」

「そうよね……」

私は覚悟を決めて目を開けた。

無理だった。

「い、いくわよ」

「ああ」

ゴクリと喉を鳴らし、微かに震える指でボタンに触れる。自分で着替えるときは平気なのに、

今は心臓がとても痛い。

「早くしろ」

「わ、わかってるわよ」

指が震えるからうまくいかない。自分で着替えるときの何倍も時間をかけながらボタンを外

76

した。

外しただけで終わらないのが着替えだ。服をナディルの腕から外そうとそっと動くも、どうしても体が密着する。う、胸を当ててしまった。

「役得……」

「何？」

「いやなんでもない」

ナディルが何か呟いたが、緊張のせいで聞き取れなかった。はあはあと緊張から荒い息を吐きながらもなんとか脱がす。

「……おい、なんでまた目を瞑るんだ？」

「だ、だって裸じゃないの！」

「下は穿いている」

「そういうことじゃないの！」

「だが目を開けて上着を着せてくれないと困る」

私は渋々瞑った目を開けた。

私は同世代の男性の裸など見たことはない。なのでこれが初めて見る男性の上半身裸姿である。

完全に何も羽織っていない上半身は、ほどよく筋肉が付いていて、男性らしさを感じさせた。

肩幅もあり、私とは全然違う。

――男なのに私とは色気がある……。

寝起きのせいもあるのだろうか。ナディルのだるそうな雰囲気も相まって、妖艶さを醸し出

していた。

「どうした？」

「う、うぅ……」

私が戸惑っているのがわかっているはずなのに、尋ねてくるナディルは意地悪だ。私は顔が

赤らむのを抑える術を知らぬまま、ナディルにシャツを着せる。

「いつもの数倍時間がかかるな」

「じゃあやらせなきゃいいじゃないの……」

「嫌だ」

私の心からの願いは、あっけなく却下された。

「下は自分でやる」

「なら上も自分でやれば……ってきゃー！　目の前で脱がないでよー！」

私がいるのが見えていないかのように、ナディルは堂々と寝間着のズボンを脱ぎ去った。

「なんだ、そんなに凝視して」

「ぎょ、凝視なんてしてない……ってそのままこっち来ないでよー！」

78

「ご、誤解よ――!」

コレ、と小指を立てられ私は全力で首を振る。

「なんだー! やーっぱりコレなんじゃないですか――! 朝からお盛んで」

「ち、違っ」

ベッドに押し倒している下着のみのナディル。

ベッドに押し倒された、赤い顔の私。

私ははっとして自分の状況を把握した。

彼は言葉尻をすぼめながら茫然としていたが、ふいににやりとした顔つきに変わった。

開け放たれた扉の向こうには、いつか見た若い執事がいる。

「坊ちゃん! いつまで部屋にいるんで……す……」

二人で押し問答をしていると、部屋の扉が開いた。

「よくない!」

「まあ少しぐらい遅れてもいい」

「しっ、仕事してきなさいよ!」

やられてしまった。

私を追い込むようにして迫ってくるナディルから逃げようと後ずさるが、ベッドにまで追い

「いらないいらない! きゃー!」

「反応が面白いからもっとよく見せてやる」

つ、疲れた……。

ナディルを無事に送り出し、私はぐったりと椅子にもたれた。

「これが毎日あるのか……」

想像もしたくない。

「いやー、俺坊ちゃんの趣味は清楚系かと思ってたんだけどなー？」

にかっ、と笑いながらこちらを向いてそう言うのは、さっき私とナディルに対してとんでも

ない勘違いをしてしまった執事である。

今の発言からわかるように、誤解は一切解けていない。

「だから、そういうんじゃないんだってば」

「いいっていいって！　わかってる！」

執事は手で私を制してくるが、絶対わかっていない顔だ。

「庶民と貴族の身分差の恋……燃えるよね……」

しかも色々勘違いしている。

「私、見えないだろうけど、これでも男爵令嬢よ」

「え!?　見えない！」

80

そんなははっきり言うことないじゃない。

「てっきり俺と同じ孤児とかかな――、って思っちゃったー。ごめんごめん！」

「……あなた孤児なの？」

尋ねると、再びにかっ、と笑った。

「そうそう、俺孤児！　五歳のころ坊ちゃんに執事見習いとして拾ってもらったの！」

「へえ、そんなことしそうじゃないのに」

「ねー！　意外でしょ！　と言っても、本当は違う子を引き取る予定だったらしいんだけど、

自分の利益にならなそうなタイプには見えない。

その子がいなかったから代わりにってことでもらえたの」

「ふーん？」

よっぽどナディルのお眼鏡に適う人間がいたのだろう。

俺ラッキーと言っている執事はとても優秀そうには見えない。何かしら特技でもあって、そ

の子の代わりに来たのだろうか。

「でもあなた、もらわれて十年経っているわりに、言っちゃなんだけど、庶民的というか

.....」

はっきり言っていいのかわからず、少し濁したが、要は公爵家の執事に見えないということだ。

「五歳で人格形成されちゃったみたいでさ！　言葉遣いとかも色々頑張ったんだけど、そのう

ち『もういい』って言われてそのまま！」

・それはあきらめられたのよ。

さすがにその言葉はぐっと飲み込んだ。

「追い出さないのが意外ね」

「坊ちゃんあれでも情に厚いところあるんだよ！」

今のところ私にはそう見えるところはないのだが、この青年はそう感じているらしい。

「でも坊ちゃん、今でもまだそのとき引き取ろうと思っていた孤児のことあきらめてないみたい。俺に思い出せることないかーって未だに尋ねてくるんだ」

「公爵家のコネやお金使えば簡単に見つけられそうなのに……」

不思議に思っていると、にしし、と執事が笑う。

「それが坊ちゃん、当時まだ十歳だったから抜けてたんだろうね。相手の名前も聞いてなくて、どこに引き取られたかも、管理がずさんな施設だったからわからなかったんだよ」

「この公爵家の管理で、そんなところあるの」

「あ、違う違う、坊ちゃんが家出して道に迷ったときに見つけた孤児院だから、公爵家の管理しているものじゃないんだ」

「家出。とてもするタイプには見えない。

「あ、いけない。俺、仕事戻らないと！　じゃあね——！」

執事は自分がしゃべりたいだけしゃべるとその場を去っていった。なんだか嵐みたいな人だが、どこか憎めない。

行ってしまった後に、あ、と気付く。

「私、自分も孤児だって言いそびれたわ……」

◇◇◇

「それはなんだ……？」

帰ってきたナディルをお出迎えし、荷物を受け取りながら、部屋についていく。今朝と同じように、さあ着替えさせろと指示する男の前で、それをつけた。

「サングラスってやつ。これなら少し暗く見えるし、そっちから私の目もはっきり見えないでしょう！」

いい解決策だと私は自分を褒めたたえている。これがあれば裸を見ても今朝ほど恥ずかしくないはずだ。

ちなみにこのサングラス、貴族の方々に売りつけようとしたが失敗した商品である。貴族は自分に自信があるため、顔を隠すようなものはいらないとのことだった。

在庫をかかえるわけにもいかないので、ターゲットを変えて、庶民向けに少し改良した。直

射日光の降り注ぐ場所で働く人を対象にしたらまあまあな売り上げになった。

「却下だ」

ナディルは苛立ちを隠しもせず、私がつけていたサングラスを奪い取った。

「あー！　何するのよ！」

「今後これをするのは禁止だ」

「どうしてよ！　仕事をスムーズにするために必要なのに！」

私の主張をナディルは一蹴した。

「俺はお前に仕事のスムーズさは求めていない。慌てふためく姿を見たいだけだ」

「あ、悪趣味！」

「どうとでも言え。ほら、着替えを手伝え」

「う、ううぅ……」

自分の手の届かないところにしまわれてしまったサングラスを名残惜しい気持ちで見つめて
も、手元に戻ってくることはない。

渋々あきらめ、ナディルの服を脱がせていく。

今朝一回やっているもの。大丈夫よ。男の上半身なんて恥ずかしくもなんともないわ！

自分の心に言い聞かすが、意思に反して顔は赤みを増していく。

だめだわ、一日二日で慣れるものじゃないわ……。

震える指にほとほと困りながら、ナディルを見ると嬉しそうに口の端が上がっている。悪趣味！　本当に悪趣味！

「ほ、ほら、ボタン外したから腕動かして！」

「優しくしろよ」

「変な言い方しないでくれる!?」

明らかにこちらをからかう言い方だ。怒る私をナディルは楽しそうに見ている。

相手にするだけ無駄だ。私はナディルの着ている服を手早く脱がせる。

「ほら、脱がせたから、今度はこれに腕通して」

「今朝より動きがスムーズだな。つまらん」

「仕事というのは回数を重ねるたびに効率よくできるものなのよ！」

恥ずかしがってはいるが、今朝ほど取り乱していない私にナディルは多少不満そうだ。

「俺はお前が取り乱している姿を見たい」

「その台詞、誤解を招くから余所で言わないほうがいいわよ」

部屋着のシャツのボタンを留めていると、今朝と同じように扉が開いた。

「今卑猥な言葉が聞こえた！」

「ほら誤解を受けている！」

前回と同じように扉をノックせずに入ってきた若執事。ナディルは不快そうに眉をピクリと

「ベン、ノックをしろ」
「すみません！　だって坊ちゃんの貴重なラブシーンが見れるかと思って」
「ベン！」
「すみませんすみません！」

動かした。

私は若執事に、すっと手を差し出した。

一言も二言も余計なことを言う若執事に、ナディルは苛立ちを露わにする。そして本人から自己紹介される前に名前を知ってしまった。というか、自己紹介もしていなかった！　他の下働きの人たちには挨拶をしたが、この執事は朝に別れたあとは会えなかったので、まだできていない。

「挨拶が遅れたけど、私はブリアナ。一応男爵家の娘よ。しばらくナディルのメイドとして働くから、よろしくね」

「ブリアナさんですね！　俺はベン！　十七歳！　よろしくお願いします！」

にかっ、と若者らしい爽やかな笑顔を浮かべてベンが手を握り返してくる。ナディルにはこの無邪気さが足りない。

ほっこりしながら握手を交わしていると、上から手刀が入った。

パシッと手が離れる。

「違うって言ってるでしょうが!」

「ブリアナさん、やっぱり坊ちゃんのコレですね!」

様子を見ていたベンは、うんうんと何やら頷いている。そして小指を立てた。

本当はまったくわかっていないが、とりあえずそう言うとナディルは納得したようだ。その

「わかったわよ!」

「するな」

「挨拶に握手は必要だと思うのだけれど」

「不必要なときにするな」

「……手をつなぐなって……ただの握手よ……?」

暴論である。

「未婚の女が気安く若い男と手をつなぐな」

そぶりを見せつつ、咳払いを一つする。

呆然とナディルを眺める私とベンに対して、なぜかナディルも黙り込んだ。なにやら考える

「…………」

「…………」

「…………」

なんだかんだとあっという間に二週間過ぎてしまった。

この家で働いて二週間。ナディルの着替えにも慣れ、本人に盛大に悪態を吐かれたのは三日前だ。

慣れて効率よくなったのに怒られるとはこれいかに。

三日前、手の震えもなく、落ち着いて着替えを手伝えたというのに、「もっと緊張感を持て」だの、「自分に対して失礼だ」だのとよくわからない罵倒をいただいた。相当気に入らなかったのか、ついに下まで脱ごうとしてきたので悲鳴を上げて逃げ出した。解せない。

そんなこんなでなんとかやり過ごしている私の主な仕事は、ナディルを起こすこと、ナディルを着替えさせること、お見送り、お出迎え、ナディルの部屋の掃除、ナディルの服の洗濯……と見事にナディル尽くしだった。仕事の内容に、悪意しか感じない。

まあでも過酷な労働環境ではないので恵まれているなと思いながら、ナディルのベッドシーツを替えていた。

――のだが、ベンが突然ナディルの部屋に来た。

「ブリアナさん！　仕事です！」

「現在進行形で仕事中なんだけど」

何回言われたらノックを覚えるのだろう。

仕事を増やすつもりなのかと睨んでみると、ベンは違う違うと首を横に振った。

「婚約者の仕事！　忘れていたでしょう！」

忘れていた！

あんまりにもメイド生活に慣れすぎて、これが仕事のすべてだと思っていたけれど、もとはといえば偽物の婚約者役をするというのが始まりだったのだった。

「今夜パーティーがあるそうです！　準備するから、それ終わったらブリアナさんのお部屋に戻ってくださいね！」

「はぁーい……」

婚約者としてパーティーか……気乗りしない……でもやらなければいけない……。

私はできる限り時間をかけてシーツを綺麗に整え、自室に向かった。ただの悪あがきだが、少しぐらい悪あがきしても許されるはずだ。

自室の扉を開けると、ナディルがいた。

「なぜいる!?」

「パーティーのためだ」

いや説明になってない！　説明になってないわよ！

てっきり部屋で侍女さんあたりが待ち構えていると思っていたのに、いたのはまさかのナディル。仕事どうした。

「さあドレスを選ぶぞ。　何色にするかな……」

「え、なにこの大量のドレス」

「事前に作らせておいた」

「こんなに⁉」

ナディルはなんてことないように言うが、部屋に持ち込まれているドレスは十数着あるように思える。　もちろんどれも上等な品だ。　しかもナディルは作らせたと言った。　既製品ではなく、特注品なのだろう。

そしてなぜ私のサイズを知っているのかそろそろ訊いてみたほうがいいのだろうか。　いやだめだやめておこう。

「婚約者のフリをするだけなのにこんなに用意したの?　お金の無駄遣いだわ!」

「無駄じゃない。　使う」

何回パーティーに連れていく気なのだろう。

「ここには少ししかないが、他にもあるぞ」

「いくつ作ったの⁉」

「必要な分だけだ」

絶対そんなに必要ない!　ああ、このドレス一着だけで、実家がどれだけ潤うか……。

婚約者役が終わったら、これもらって帰れるかしら。　私のサイズで作ってるし、退職金とし

てもらいたい。辞めるときに交渉しよう。

「うん、今日は青だな」

　一人で納得してドレスを決めたナディルは、今度はテーブルに広げてあるアクセサリーに手を伸ばした。それらももちろん一級品であろう輝きを放っている。

「……まさかこれも買ったの？」

「ああ、必要だからな」

　私からしたらありえない数の宝飾品の数々が広がっている。

　さすがにこれは退職金にしてもらうのはやめよう。額がとんでもなさそうだ。未来の奥様に差し上げるといい。ドレスはサイズが私用に仕立ててあるから、奥様には無理だろう。捨てるぐらいなら絶対もらう。

「金持ちのお金の使い方が理解できない……」

「普段はこんな使い方はしない」

「どうだか」

　ナディルはアクセサリーを私に当ててどれにするか選んでいる。

「お前にあげたいと思っただけだ」

　唐突なナディルの言葉に私は固まった。

　やめて！　死んだ乙女心をくすぐる言葉を急に放たないで！　甘い言葉なんて言われ慣れて

いないから、些細なことでときめいてしまうのよ！

顔を赤くして動かなくなった私を見て、ナディルも自分の言葉に気付いたのか、ネックレス

をテーブルに戻して沈黙した。

気まずい。なぜ動きを止めるの。

ナディルは広げたアクセサリーたちを手で弄びながら、眉間にしわを寄せた。

「お前は高級なものなど見たことないだろうからな。今のうちに存分に味わうがいい」

「ああ、わかってた！ あんたはそういう奴だってわかってた！」

ときめいた私が馬鹿だった！

憤慨する私を楽しそうに見るナディルは、アクセサリーを決めたようで、侍女を呼んだ。

気付かなかったが、部屋の隅に侍女がいた。よかった！ そうよね着替えはさすがにナディ

ルはしないわよね！

ほっとした私を尻目に、ナディルは侍女に告げる。

「このドレスとこのアクセサリーに合う靴をいくつか持ってきてくれ」

「かしこまりました」

侍女はさっと部屋を出ていった。

ドレスも着ていない。化粧もしていない。髪型も整えていない。現在、靴を見繕っている最

中だ。そしてナディルは未だに部屋におり、靴も彼が選ぶのだろうことが予想できる。

……パーティーまではまだまだ遠そうである。

パーティー準備だけで疲れ果ててしまった。

「どうしてあんなに時間かかるの……」

「俺の勝手だろう」

「ええ、まあお金出しているのあなただからあなたの勝手だけれどね。

「だがこれからが本番だぞ。しっかりしろよ」

「わかってるわよ」

パーティーでは婚約者役をしっかりこなさなければいけない。

「よし、まかせなさい！　お金の分だけはしっかり働くわよ！」

「頼もしいものだな」

私の気合の入った言葉に、ナディルはふわりと笑った。

「…………」

「どうした、急に固まって」

「……いえ、あなた、普通に笑えたんだなと思って」

「どういう意味だ」

一瞬でむっつり顔に戻ってしまった。今まで私の前では企むような笑顔や、嫌味な笑顔ばかりだったから、驚いてしまった。

素の状態の笑顔のナディルは、普通の好青年に見えた。

「あなたも人間だったのだとわかって今安心したわ」

「なんだと思っていたんだ」

「魔王」

「お前な!」

パーティー会場までの回廊をそんな会話をしながら歩いていると、ついに扉にたどり着いてしまった。

ここからが本番。

使用人が扉を開けようとするのを横目に、目で頷き合う。

質のいい扉なのだろう、ぎい、という音もなく、静かに開く。会場の中をナディルと腕を組んで二人で歩く。

何人かがこちらを見てひそひそ話をはじめた。想定内なので気にしない。

「やあ、ナディル、久しぶり」

「エイベル。久しぶりだな」

一人の男性が声をかけてきた。ナディルはにこりと微笑む。

「ブリアナ、昔なじみの、アランド侯爵子息、エイベルだ。エイベル、俺の婚約者のブリアナだ」

ナディルに促され、カーテシーを披露する。

「お初にお目にかかります、エイベル様。私はラリクエル男爵家の娘で、ブリアナと申します」

「はじめまして、ブリアナ嬢。私はエイベル、ナディルの友人だよ。よろしく」

エイベルは垂れ目をさらに垂れさせて挨拶を返してくれた。すごい人の好さそうな人だ。こんな人とナディルが友人だなんて信じられない。

「君が婚約するだなんて、冗談だと思ってたんだけどな」

「冗談で公表するわけないだろう」

「ふうん？　で、二人のラブロマンスを教えてくれるんだろう？」

馴れ初めと言ってほしい。なんだラブロマンスって。ラブもロマンスもない。

ナディルが私に目配せした。

「小さいころナディル様に出会って、そこから疎遠だったのですが、最近再会しまして。私の初恋だったものですから」

もちろん嘘だ。

必ず聞かれる事項なので、ナディルから語る内容を決められていた。本当はもっと詳しく設定が練られていたけれど、わざわざそこまで話すこともない。

96

ところで、なぜ私の初恋設定なのだろう。やめてほしい。

「あー、なるほど。純愛だねぇ」

「やめろ」

エイベルがナディルをからかうように肘で脇腹をつつくと、ナディルは不快そうにした。はじめ愛想笑いをしていたため、表面上の付き合いかと思ったが、そうではないようだ。

ナディル、友達なんて作れたのね。

妙に感心して見ていると、視線に気付いたのか、ナディルの眉間に皺が寄った。

「ナディル、飲み物持ってきてよ。私はブリアナ嬢と話してるから」

ナディルがこちらをちらりと見るので、大丈夫だという意味で頷くと、「すぐに戻る」と言って、その場を離れた。

エイベルはにこりと垂れ目でこちらを見る。

「で、どうやってナディルを誑し込んだの?」

あ、こいつ嫌な奴だ。

◇◇◇

「誑し込むだなんてそんな……」

私はできる限りか弱く見えるように困った顔をする。

まあ見た目がか弱そうに見えないから、あまり効果はないかもしれないが、やらないよりマシだ。これで攻撃するのは忍びないと思って引いてくれるならいい殿方ということだが──。

「そうでもしなければ、あのナディルが選ぶような女性に見えないんだけどな」

失礼すぎるだろう。

どうやらいい殿方でないエイベルは、ナディルがいないうちに私の手の内を探りたいらしい。

ナディルが戻ってきたら、心配してくれる友達がいてよかったねとでも言ってあげるべきだろうか。いや、ただの好奇心の可能性もあるな。

「私には今のところ君のいいところが見当たらないんだけど、どうなのかな?」

どうなのかなと訊かれても、こちらとしては、どうしようもない。

自分で「私こんないいところありますよ!」とアピールしろってことか? 残念ながら私は

ナルシストではない。

はっきり「あなたには好かれなくても困らない」とでも言っていいのだろうか。悪かったな

お前の好みじゃなくて!

「で、どうやったの? 弱みでも握った? それともやっぱり、それ?」

「それはナディル様が決めることですから……」

それ、と言って指さしたのは、私だ。いや正確に言うなら私の胸だ。

どこで誰が見ているかもわからないパーティーで堂々とセクハラされた。

私は自分に耐えろ耐えろと言い聞かせる。

「私、なんのことだか……」

「カマトトぶらなくていいよ。君、今までも金持ち連中にすり寄ってたでしょう?」

どうやらエイベルは私のことを多少知っている様子だ。困った。確かに私は金持ちにすり寄っていた。だって没落寸前だったんだもの。

「確かにそう見えたでしょうが……」

「見えたじゃなくてそうでしょう」

まいった。こいつ本当に面倒くさい奴だ。

ナディルはまだかと周りを見回すも、どこぞの貴族様に囲まれているのが見えた。さしずめ、私とのことでも根掘り葉掘り訊かれているのだろう。

助けは期待できない。どうするか。

「第一身分も釣り合ってないじゃないか」

「ナディル様のご両親は愛があればいいと仰（おっしゃ）っているようですが」

「その愛が本物ならね」

しつこい。

私は冷や汗をかきながらも、微笑み続ける。ナディルが来るまで時間を稼ぐしかない。

「君のご両親はどうも立派な教育をしていたようだね。　男に媚を売るように育てるなんて私には無理だな」

私はキレた。

「……あれ？」

無表情で反応しなくなった私を見て、エイベルも笑顔を引っ込めた。

私はそんな彼の胸倉を摑む。エイベルはとっさに反応できなかったようで、されるがままだ。

「私のことは好きに言うといいよ。　売女でも体だけ女でもすべての成長が胸にいったでも、いくらでも言うがいいわ慣れているから！」

「いやそこまでは言ってな……」

「でもね！」

途中何か言おうとしたエイベルを遮った。

「愛情かけて育ててくれた両親の悪口だけは、許さないわよ！」

エイベルが息を呑んだ。

「血のつながらない私を、一生懸命大事に育てて。　結婚相手も無理しなくていいと言ってくれて。　そんな両親が借金作ったら、どうにかしてあげたいと思うのが子心でしょう！　ええ、すり寄ったわよ！　金持ちに！　でもそれしか借金返す方法なんかないんだから仕方ないでしょうが！」

どうやら私は自分では大丈夫だと思っていたが、だいぶ鬱憤が溜まっていたらしい。

今までの貴族たちの反応を思い出しながら気付けば声を張り上げてしまっていた。

「あと大事なことだから言っておくけどね！」

ガクガクとエイベルを揺さぶって、驚いた顔を見てから手を離す。エイベルはそのまま床に座り込んだ。

「私は、処女よ！」

すっかり静まり返った会場で響いた自分の声を聞いて、私は我に返ったのだった。

「終わった……」

パーティーから一日経った今日。私は何をするでもなく、ドルマン邸で、自室のベッドに寝そべっていた。

ベンが今日の仕事はしなくていいと言っていた。おそらくナディルが話したのだろう。気づかわしげな目をしていた。

「もう、婚約者役は終わりかしら……」

そうなると借金はどうなるのだろう。すでに返してくれているのか、まだなのか。すでに返

してくれていたら、今度はナディルに返済を迫られるのだろうか。

「なんてことをしたの私……」

いつもはどんなになじられても大丈夫だったのに。

最近のドルマン邸での好待遇に気が緩んでしまっていたようだ。

ナディルは怒っているだろうか。怒っているに決まっている。帰り無言だったし。あんな失態を犯すなんて。

借金を返すための、一世一代の大勝負だったのに！

ぐずぐずと鼻をすする。お母様とお父様になんて言おう。怒るかな。いや怒らないな。心配してくれるに違いない。そしてきっと苦労させたと泣くのだ。嫌だな、泣かせたくないな。

コンコン、と扉をノックする音が聞こえた。私は鼻をかんで「どうぞ」と言った。

「ブリアナ、どうだ」

どうだとはどうだろう。

ナディルの言葉にどう返したものかと考えつつ、泣きはらした目で見た。ナディルが視線を逸らした。なんだ、見苦しいってことか。自分でもひどい顔なのはわかっている。

私は意を決して口を開いた。

「お金のことなんだけど」

「…………うん？」

想定していなかった言葉だったのか、ナディルがきょとんとする。無防備なその顔をうっか

102

り可愛いと思ってしまったが、そんなことを思っている場合ではないと頭を振った。

「できれば肩代わりしてもらって、徐々に返していくって形でもいいでしょうか……」

「は?」

やはり図々しすぎただろうか。でもここで折れるわけにはいかないのだ。

「必ず返すから。お願いします!」

そうしなければ実家は終わりだ。私はベッドからおりて、ナディルに頭を下げた。頭上から

ナディルのため息が聞こえた。

「あのなぁ……」

ビクリ、と肩が震えてしまった。

「婚約はそのままだ」

「……へ?」

ナディルの言葉に顔を上げると、困ったように頭を撫でられた。

「あのぐらいどうってことない」

いや結構なことをしたと思う。

ナディルに撫でられたまま、訝しんで見つめる。

「むしろでかした」

でかした?

私はますます訳がわからなくなり、首を傾げた。

「こんなに早くことが進むとは思わなかった」

ナディルは私を撫でながらにこりと笑う。なんだろう。想定していた反応と違う。

混乱する私を前に、ナディルは機嫌がよさそうだ。

「坊ちゃん、エイベル様がいらっしゃいましたよ」

「通せ」

ベンは相変わらずノックをせずに部屋に入ってきた。ナディルは頷く。

……待って？　誰が来るって？

コンコン、と扉がノックされ、ナディルが応じた。待って、嘘でしょう。今来なくてもいいじゃない。

私の気持ちを置いて、無情にも扉は開く。そこに立っているのはもちろん、昨日私が胸倉を掴んでしまったエイベルだ。

さあっ、と血の気の引く私とは裏腹にナディルは楽しそうだ。

エイベルは垂れ目でこちらを見る。そして視界から消えた。

「すみませんでした‼」

見事な土下座だった。

本当に、どういうことだろう。

　私はナディルに促されて応接間に来ていた。

　そしてエイベルは引き続き土下座中だ。

　どうしよう。どうしたらいいだろう。

「あの……椅子にお座りになってください」

　家主でもない私が言うことではないのだが、いたたまれずにそう言うと、エイベルはガバリと勢いよく頭を上げた。

「昨日あれだけの暴言を吐いた私に対してそんな言葉をかけていただけるだなんて……ブリアナ嬢……」

　ちょっとうっとりした視線を向けられているのは気のせいだろうか。まさかあれで危ない扉を開いていやしないだろうな。

「おい、じろじろ見るな。減る」

　そう言うとナディルはエイベルの襟首を摑んで立たせ、無理やり椅子に座らせた。エイベルは座り直すと、再び私に向き直り、頭を下げた。

「本当に昨日は失礼なことをしてしまって、申し訳なかった」

「あ、いや、私も、やりすぎてごめんなさい……」

色々と頭が追いつかないが、今のうちに自分も謝っておこうと、謝罪の言葉を述べる。エイベルは垂れ目に涙を浮かべた。

「ナディルが婚約したというからどんなお嬢様かと思えば、昔少し話題になったブリアナ嬢だったから、化けの皮をはがしてやろうと思って」

噂ってなんだろう。いや、予想できるから聞くのはやめよう。きっとどうしようもない内容だ。

「まあ、友人を思ってのことでしょうから」

エイベルの話だと、彼はきちんとナディルのことを友だと思っているようだ。ナディルにこんな友達がいるとは思っていなかった。

「うう、すまない……友人がとんだアバズレに騙されたと思ってしまって……」

「それはわざわざ言わなくてもよかったわ……」

そう……私の噂、アバズレなのね……いやわかってた、予測できていたけども!

「今まで女っ気のなかった友人が連れてきたのがそんな噂のあるあなただったので、どうにか目を覚まさせたかったんだ!」

なんだろう、この、謝られているのにけなされている感じ。

今私は喜んだほうがいいのだろうか、悲しんだほうがいいのだろうか。エイベルは必死に頭

106

を下げながら弁明する。

「ブリアナ嬢の事情をまったく知らずに申し訳なかった。そんなに苦労していただなんて……

うっ……苦労してっ……」

ついに泣き出してしまった。

展開についていけず、オロオロする私とは対照的に、ナディルは堂々としていた。

「うぅ……お詫びに今度ディナーでも」

「ベン、お客様のお帰りだ」

「えっ、ナディル心狭いよ！」

呼ばれたベンはエイベルを抱え、部屋から運び出した。

「絶対、ディナーに招待しますからねぇぇぇ」

遠ざかりながらも彼の声はしっかり聞こえた。そんなにディナーに呼びたいのだろうか。い

いもの出してくれるなら私は行ってもいいのだけれど。

「ディナーはだめだ」

雇い主がだめだというので行けないようだ。

「で、わかったか？」

「なにが？」

「エイベルの様子を見て、お前は自分が嫌われていると思ったか？」

「いや……どちらかというと好かれてる?」

たぶん、間違いではないと思う。そうでなければ、あんなに必死に謝ってこないだろう。

「お前との婚約は、お前に付き纏っている噂話が悩みの種だったが、状況がいい方向に変わったぞ」

「どういうこと?」

エイベルの反応を見るに、悪い方向にはいっていないのは私にもわかった。しかし、なにがどうしてそうなったのだろう。

「人間は、思ったより感情で動くものだ」

「……うん?」

「恵まれた環境にいる貴族にとって、哀れな境遇からのし上がった娘の話は感動話になる」

「……うん?」

ナディルはニヤリと笑う。

「お前には前から玉の輿に乗ろうとしているという噂はあったが、なぜそうなったのかという理由は噂になっていない。ただの金の亡者だ、男好きだと言われていただけだ。さて、その噂に、今度はそうならざるを得なかった理由がつくようになった」

「理由、と言われ、目を瞬いた。それって、まさか──。

「男好きと言われていたブリアナ嬢は、実は親の借金を返すために努力する親思いの娘で、見

た目だけで判断していたが、未だ純潔を守る、立派な女性だと」

「きゃー！　嫌ー！」

私が処女だという話が広まっている。いや事実だけど！　事実だけどそんなの広めること

じゃない！

「お前の評価は一気に上がった。よかったな」

「びっくりするぐらい喜べない！」

恥ずかしすぎる！

「おかげで俺も、過酷な環境のお前を救い出したヒーロー扱いだ」

「うわぁ、みんな騙されてる……」

「ついでに幼いころ出会っているから、長年の純愛だとも言われてるぞ」

純愛という言葉がこれほど似合わない男にそんな評価がつくなんて。

「今後はみんなお前に優しくしてくれるぞ」

「うぅ……もうどこにも行きたくない……」

「じゃあ借金はそのままだな」

悪魔だ。

「行くわよ！　行けばいいんでしょう！」

「よし、じゃあ今から行くぞ」

え、そんなすぐに?

「待って私今泣いたおかげですごく不細工で」

「ああ、最高に不細工だな」

「ぶん殴っていい?」

「俺の顔に殴られた跡がついたら今度はバイオレンスな女だと噂されるな」

せっかく恥ずかしい思いをして上げた評判を下げることはない。私は振り上げた腕を下ろした。

「視察業務に同行してもらう」

未だ泣きすぎでしばしばする目をこする。ナディルは楽しそうに笑った。

「じゃあ何?」

「安心しろ。今度はパーティーじゃない」

◇◇◇

こんな泣きはらした顔で人前に出ないほうがいいのではないかと提案するも、事前に決まっていたと言われ、さらには勝手に泣くのが悪いと言われた。もう人生終わったと思ったら泣きもするわよ!

そんなわけで、私は今ナディルと共に馬車で視察場所に向かっている。供はベンだ。

めちゃくちゃ泣きはらした不細工顔だけれど行かなければならない。つらい。

「第一これ必要なの？　行っても何したらいいかわからないし帰っていい？」

「婚約者がいると知らしめるためだ。何もしないで立っているだけでいい。貴族の妻は夫の隣で微笑んでいるのも仕事だ」

私そういうの苦手なんだけど……。

じっとしているよりしっかりした仕事くれるほうがいいなあと思いながら外を眺めていると馬車が止まった。

「あれ？　ここ……」

「降りるぞ」

手を差し出されて静々とその手を取る。一応こういう紳士的なこともできるのね。

私にとってはとても見覚えのあるところだ。

「孤児院だ。慣れないうちはこうした気楽なところがいいだろう」

なるほど。確かにいきなり商会などに連れていかれるより、初心者向けと言えるだろう。

懐かしい気持ちで眺めている私を置いてスタスタとナディルは孤児院の中に入っていってしまった。エスコートは最後までしなさいよ！

慌ててナディルの後ろについていく。

「お待ちしておりました」

久しぶりに聞く声がした。

「施設長、久しぶりだな。今日は視察に来た」

「ええ。予定通りですね。あら、こちらの方は……」

施設長と呼ばれた女性は、ナディルの後ろにいる私に気付いたようだ。私は一歩踏み出して

ナディルの隣に並ぶ。

「ナディル様の婚約者、ブリアナです」

わかるかな、と少しドキドキしながら自己紹介をすると、施設長は、私をじっと見つめ、し

ばらくすると目を輝かせた。

「まあああああ、あなた、アナね！」

覚えていてくれたらしい。嬉しくて笑うと、施設長は私の手を握って、ある一点を見つめて

言った。

「これはまた、びっくりするほど大きくなったわねえ」

ええ、私も自分の胸の成長にはびっくりしてますよ。

施設長の様子に緊張もほぐれ、はぁ、と深く息を吐いた。

「施設長——ママ、お久しぶりです」

実に十二年ぶり。七歳まで育った地で、私はにこりと笑った。

ナディルと共に、孤児院を見て回る。また、不備はないか、経営に関してもナディルは細か

くチェックをしていた。

私がここの孤児院にいたころの子供たちはもう引き取られたか、独り立ちをしていていない。

顔なじみがいないのを寂しく思ったが、そんな気持ちは一瞬で吹き飛んだ。

「お馬さんごっこして！」

「いや、おままごと！」

「かけっこのほうがいいって！」

「チェスやろうよー」

「なんでお目目腫れて不細工なのー！」

「今言ったの誰!?」

私が怒鳴ると子供は楽しそうに「わー！」と言いながら散っていった。

子供ってすごい……。

あっちこっちに引っ張られ、もみくちゃにされ、私は疲労困憊だ。ママはこれの相手を毎日

しているのか……もう結構な年齢のはずなのにどこにそんな体力があるのだろう……。

113

「相手してくれて助かるわー」

「ママ……」

「ママ……」

ボロボロの私を見てママはニコニコ笑っている。ナディルは男の子たちに素振りを教えていた。

編み物をしながら、ママは「それにしても」と口を開いた。

「あの男の子みたいだったアナが、こんな女らしくなるだなんて」

「はは……私も同じ気持ち……」

昔の自分を思い出して乾いた笑いしか出ない。

子供のころ、私はとても男っぽかった。木登りはしたし、虫取りも大好きだった。部屋で人形遊びするより駆けまわることを好んでいた。ほどよく日焼けした健康優良児だった。男爵家に引き取られるとき、粗相をして早々に追い出されないか、みんなにとても心配された。

昔を懐かしんでいると、子供に背中から突進された。

「ねえー！　あそぼー！」

「うえ……」

さっきから遊びっぱなしだ。私は子供を引きはがした。

「ちょっと休憩ー！」

勝手知ったる昔の我が家だ。

114

私はその場から駆け出した。

◇◇◇

「子供は遠慮を知らない……」

そしてその子供に付き合ったら体力が持たないことを痛感した。なんであの子たち疲れないの。

子供のころお気に入りだった中庭に座り込んで、ため息を吐いた。

……そういえば、私の初恋もこの場所だ。

「ここにいたのか」

頭上から声がして仰ぎ見ると、ナディルがいた。私の隣に来るとそこに腰を下ろす。

「子供たちの相手はもういいの？」

「疲れたから休憩する」

そうよね。疲れるわよね……。

自分だけじゃなかったことにほっとしながら、風で揺れる草を見ている。昔はここでよく鬼ごっこをしたなぁ……。

「ここにいたころのこと、覚えているか？」

急にかけられた言葉に驚いて勢いよくナディルを見る。

「ここ出身だって知ってたの?」

「ああ」

どこまで調べられているのだろう。

自分のことばかり知られていて釈然としないが、これはかりは仕方ない。

「覚えてるかって言うと……多少は……ってところかしら……」

当時遊んでいた子供全員を思い出せるほどは覚えていない。自分の印象に残ったことぐらいだ。

「あ、でも初恋の子のことは覚えてるわよ!」

「初恋……?」

ナディルは私を見て不思議そうにしている。

「お前にそんな繊細な心があったのか?」

「あんたいい加減にしないと引っ叩くわよ」

すっと手を上げると、ナディルは冗談だと首を振った。私は手を下げる。

「で、初恋の相手はどんな奴なんだ?」

まさかナディルが食いついてくるとは思わなかった。

どんな奴……って。

私は当時を思い出しうっとりする。女の子にとって初恋は特別なものなのである。

「あれはよく晴れた日のこと……」

だがナディルが失礼なのは今に始まったことではない。無視して当時の記憶をたどる。

「乙女に向かって失礼な男だわ」

「笑い方が気持ち悪い」

「うふふ、聞きたい？」

見慣れない子供がいる。

お気に入りの中庭にいるその子に、私は声をかけた。

「ねえ」

その子はビクリと体を震わせると、こちらを振り向いた。私とそう年が変わらなそうな少年だ。着ている服からこの孤児院の子でないことは一目瞭然だった。

「あなた誰？　どこから来たの？」

「……お前に関係ないだろ」

「私ここに住んでるから関係あるわ」

「…………」

少年は黙り込んでしまった。ただ座り込んで地面を睨んでいる。

「あなた、暗いのね」

「……は？」

じっと地面を見ているだけの少年にそう言うと、少年は機嫌悪そうに眉を顰めた。

「何か悩み事があるんでしょう」

「どうしてそう思う？」

「そんな綺麗な服を着た坊ちゃんが、こんな寂れた孤児院に入り込むんだから、そうとしか考えられないと思って。ただ迷っただけなら誰かに声かけてすぐ帰るだろうし」

「…………」

またダンまりだ。どうしようか考えあぐねていると、他の子も寄ってきた。

「アナ、誰そいつ」

「んー、友達？」

「はあ!?」

友達と言われたのが心外だったのだろう。声を荒らげた少年に覆い被さるように近寄って小声で話した。

「友達ってことにでもしておかないと、すぐにここから放り出されちゃうわよ？」

118

「…………」

また無言だが、これは納得したのだと判断した。

私は少年の手を摑んで立たせる。

「お、おい!」

「なーにをうじうじしてるかわからないけど、じーっとしてるからいけないのよ! 体動かしたらそんなこと考えてる時間もないわ! ということであなた鬼ね!」

「は!?」

「逃げろー!」

十数えてねー、と言いながら、他の子どもたちと一緒にその場から走る。「なに!」とか「おい!」とか抗議の声が聞こえるも、無視をする。そのうち数を数える声が聞こえた。

少年はこういう遊びがあることは知っているが、やったことはなかったらしい。不器用に遊びに混ざる少年にあれこれ教えてあげると、すぐになじんだ。暗かった少年の顔には笑みも浮かぶ。

「あー、楽しかった!」

もう夕方だ。少年は帰らなければならない。

「あ、あの……」

少年は俯(うつむ)きながら、話しかけてきた。

「なに？」

「……今日はありがとう。すっきりした」

どうやら私がしたことはおせっかいではなかったらしい。私は嬉しくなってにっこり笑う。

「どういたしまして！」

私の顔を見ながら、少年は顔を赤らめた。

「その……」

「ん？」

「お前、好きな奴とか、いるのか……？」

「好きな奴……？」

私はしばし考えて、頭に浮かんだことを口にした。

「王子様！」

「おうじさま……？」

「物語の王子様はかっこいいの！　お金持ちで大きなお城に住んで、顔も綺麗で！　やっぱ結婚するなら王子様よね！」

私はニコニコしながら話す。少年はさっきまでの照れていた顔はどうしたのか、一気に不機嫌な顔になった。

「王子様と結婚できるわけないだろう」

少年の言葉に私はムッとして頬を膨らませました。

「できるもん！　迎えに来てくれるもん！」

「ありえないな。王子様が庶民を相手にするか」

「物語では下町育ちの子が結婚するもん！」

「ありえない！」

「ある！」

「ありえない！」

「ある！」

睨み合いから先に視線をそらしたのは向こうだった。

しばらく言い合いをし、お互い息切れしながら睨み合う。

「……俺が迎えに来てやる」

「え？」

「王子様じゃないけど、それに近くなってやるからな」

待ってろ。

少年はそう言うと、赤い顔のまま走っていった。

私は言われた内容を吟味し、理解すると、顔を一気に火照らせた。

ブリアナ、七歳。初めてのプロポーズである。

「というのが私の初恋」

ああ、甘酸っぱい思い出……。

あれ以来真剣なプロポーズは誰からもされていない。後妻や愛人のお願いしか来なかった。

どうやらあれが私の唯一のモテ期だったらしい。悲しい。

私の話をナディルは遮らずに聞いていた。

「……もし、そいつに会えたらどうするんだ……？」

「会えたら？」

考えたこともなかった。

会えたらかぁ。

「とりあえず、私のこと覚えているか訊くかなあ」

「え？　それから？」

「それだけ」

私の答えを聞いてナディルはびっくりした顔をしている。彼には珍しい表情だ。

「結婚を迫ったりしないのか？」

「え？　しないしない！　小さいころに一度遊んだだけよ？　お互い、いい思い出でしょう。

122

あの子の着ている服は上等だったし、かなりのいいところの坊ちゃんだろうから、私じゃ釣り合わないだろうし。どうせもう結婚してるか、婚約者がいるかでしょう」

残念ながら私はもういい年した女だ。夢と現実の違いぐらいわかっている。白馬の王子様が助けてくれるのは絵本の中だけだ。

「お前……」

ナディルが何か言いたそうに何度か口を開きかけたが、最終的には大きなため息を吐いた。

「そうだよ……そういう奴だよお前は……」

「なんだろう、けなされてる気がする……」

今の流れでなんでそうなったんだろう。私ただ昔話してただけなのに。

落胆した様子のナディルは、立ち上がって服に付いた草を払って一人で歩いていってしまった。

「あ、あれ、なんで? 何かした覚え本当にないんだけど……。

追いかけてついていったほうがいいのか、よくわからないから放っておいたほうがいいのか考えあぐねていると、突然背中に衝撃を受けた。

「うわわわごめんなさいブリアナさん! 大丈夫ですか?」

子供と遊んでいたベンが座り込んでいる私に気付かずに衝突したらしい。

「痛いじゃない!」

「ごめんなさいごめんなさい! 悪気があったわけじゃないんです! 人は急には止まれない

んです！」

「それを言うなら馬車でしょ！」

ベンに手を差し伸べられて立ち上がる。勢いよく当たった割に大きな怪我はない。背中に青

痣ができる程度だろうか。

「気をつけなさいよね」

「すみません……ついはしゃいじゃって……」

ベンはしょんぼりと肩を落としている。

「ここ、俺がいた孤児院なんで、懐かしくて」

え？

「ベンがいた……孤児院……？」

ベンは十七歳……十二年前は五歳……五歳のベン……。

「は、鼻タレ小僧のベン！」

思わず叫ぶと、ベンはきょとんとした顔をしたあと、あ、と声を上げた。

「ア、アナ姉!?」

◇◇◇

124

同僚が、同じ孤児院出身だった。

「アナ姉かぁー！　いやあわからないわからない！　わかるわけないよね！」

「どういう意味か言ってもらっていい？」

「昔は色気の欠片もなくてむしろ食い気……ごめんなさいごめんなさい！」

隣に座るベンの脇腹を抓るとすぐに謝ってきた。失言が多いところと堪え性がないところは昔と変わりない。

「あのベンが鼻水垂らしてないとか想像したことなかったわ」

「逆に大人になっても鼻水垂らしてると思ってたの？　アナ姉の中の俺どんななの？」

「鼻タレ小僧のままよ」

「鼻タレ小僧のままかぁー！」

そう嘆くベンの鼻はあのころと違い、水分は垂れていない。常に鼻をかめるように紙を持ち歩いていたベンとは結び付かなかった。

「ベンこそ私がどうなってると思ってたのよ」

「色々やらかして引き取られた家から追い出されて自力で生き抜くナイスガイになってると思ってた！」

「どこから私は突っ込んだらいいのかしら」

ベンの中の私は何者なのだろう。色々な前提から間違っている気がする。

「そもそも私女なのにナイスガイって何よ」

「アナ姉ほど男前な子供いなかったじゃん。むしろ性別偽ってると言われたほうが通るレベル」

「そうなのよね。私もここにいたころ、自分の性別を間違って教えられているのかと思ったもの」

「アナ姉、そこ納得するところじゃないと思う」

「立ちションができないことで男じゃないことを実感したのよね」

あのときはショックだった。後々生えてこないことを知ったときもショックだった。だって私、他の男の子より喧嘩強かったし、運動神経よかったし、頭もよかったし、子供たちのリーダーだったし、完璧な男の子だと思ってたんだもの。

女であることを実感したのが、立ちションできなかったときだなんて他では言えない。

「引き取られるときも何度も本当に女の子か確認されたのよね」

「アナ姉髪短かったし、ズボン穿いてたからね」

「動きやすくてよかったのよ」

機能性重視だった。

「それがなぁ……それが……ボインは予想外だよ……」

「もちろん私も予想外よ」

126

ため息を吐きながら自分の胸を見る。当時はこんなになるだなんて思わなかった。大きくなってからは動くのに邪魔だなと思った。今は服を選ぶのが面倒だなと思ってる。無駄に服にお金がかかる。

「平均的なのが一番いいのよ。かかる費用を考えても」

「ああ、やっぱり金がどうこう今も言ってるんだ」

「もちろんよ。世の中ね、お金があればなんとかなるものよ、ベン」

「夢がないなぁ」

夢では腹は膨れない。

今はナディルが管理しているからだろう、孤児院の状況はかなりよくなっているようだが、私がいたころは、もっと環境は悪かった。ご飯をたらふく食べることは難しかった。

そういう環境で育てられれば、現実を見る子供になる。私はその代表的な子供だった。

「まあアナ姉が教えてくれた文字はタメになったけど」

「ほら、もっと感謝しなさいよ。崇め奉ってもいいわよ」

「アナ姉のだめなところはそういうところだと思う」

ベンは話しながら、「あー」と気の抜けた声を出す。

「アナ姉が見つかったなら、俺本当に追い出されちゃうかもー」

「なんで?」

「前話したでしょ、本当は俺のほかに引き取りたい子供がいたって」

メイドになってすぐに聞いた話だ。私は頷いた。

「あれ、アナ姉」

「え?」

十二年前、私をナディルが欲しがってた? それって……。

「それってあのナディルから見ても私ってかなり優秀だったってこと!?」

「代わりに来た俺ができそこない扱いされているからそうなんじゃないかな」

「だってあんた本当に仕事できないじゃない」

「ひどい……」

ベンがべそべそ泣き始めたが、それどころではない。

まさかナディルが私を引き取りたがっていただなんて!

「こうしちゃいられないわ! ベン、またね!」

「あ! アナ姉!」

待って——!という声を無視して私は走り出した。

128

「ナディル！」

走ってナディルのもとに行くと、ナディルは子供たちに群がられていた。うわぁ、普段との

ギャップがすごい。頭にも乗られている。

「なんだ？」

まだ機嫌が悪そうだ。だがきっとすぐによくなる。ふふふ、と笑いながら、私はナディルの

頭に乗っている子供を引っぺがした。

「もう、早く言ってよね」

「……何をだ？」

ナディルが何か期待するように私を見つめる。

「あなたが欲しがっていた子供は私よ！」

自分を指さしながら胸を張って言ったが、ナディルは無視して子供と戯れだした。

「ちょ、ちょっと！　ねえ、ほら、ベンより優秀な子供！」

「その言い方はないよアナ姉ぇ！」

はあはあ息切れしながらようやく私に追いついたベンが不満の声を漏らす。

ナディルは仕方なさそうに膝の上に乗っていた子供を降ろした。

「それがどうした」

「だから、こいつの仕事を私にさせるといいわ！」

ナディルがあきれ果てた顔をしてまたさっきの子供を膝に戻した。

抗議の声をあげたのはベンだ。

「アナ姉そりゃないよ!」

「元々私を雇いたかったんだし、ここはさっくりベンに辞めてもらって、私がその仕事をやればベンの分の人件費は浮くし、私はあんたに恩を売れるし、一石二鳥よ!」

「お前は恩を返せ」

「うっ、そうね、返すほうが先だったわ……」

先に恩をもらっていたのね……。

「ならその恩を返すためにもベンにはさくっと辞めてもらって」

「さっきからそのさくっとって何? さくっと辞めるわけないよね!」

「居座るから!」

ベンはナディルの膝にいた子供を降ろし、そこに自らの頭を突っ込んで、ナディルのお腹に頭を擦り付けている。

「坊ちゃん! 俺のこと捨てないでくださいよ! 俺今更よそで生きていけないですよ! だって仕事できないですもん! 馬鹿ですもん! ね、捨てないですよね!?」

「現在進行形で捨てたくなってきた」

「どうして!?」

130

しっかりしがみ付きながら、ナディルのお腹に頭をつけてグリグリやっているからじゃない
だろうか。

「俺が五歳のときからの仲じゃないですか！　拾ったら最後まで責任持ってください
よー！」

ベンは変わらず頭をグリグリしている。ナディルはふう、と息を吐いた。

「あー……一応俺はベンを捨てる予定はない」

その声にベンはガバリと顔を上げ、キラキラした目でナディルを見る。

「一度拾ったからには責任を持つつもりだ。　雑に扱えるしな」

「坊ちゃん！」

感動したようにベンが胸の前で手を組んだ。　雑に扱うってはっきり言われているけれどい
いのだろうか。

「えー……経費減らせてお互いにとってもいい案だと思ったんだけど」

「これでもここまで育てたからな」

ベンは未だにナディルの膝にいる。　それを見て私は手をポンと叩いた。　そうか、ベンは執事
というより──。

「ペット枠ね！」

ベンの口から「俺の扱い……」と漏れたのは聞こえなかったことにした。

◇◇◇

「ディナーに招待しに来たんだけど」

本当に来るとは思わなかった。

エイベルがこの間の詫びだと言いながら、花束を持って現れた。手土産をしっかり用意する

あたり、紳士的な男である。

そしてディナーに誘われているわけであるが、おかげ様で雇い主がとてつもなく不機嫌であ

る。

「ディナーは却下だ」

「えー？　本当に心が狭いなぁ」

この間ディナーはだめだと言っていたのは本心からだったらしい。即却下したナディルは心

が狭いと言ったエイベルを睨みつけている。ちなみに私も従業員の夕食の相手にまで口を出す

のは心が狭いなと思っている。

「じゃあランチはどう？　夜ほどおしゃれじゃなくなっちゃうけど」

「却下だ！」

なおも誘ってくるエイベルの声を遮って力強く断るナディル。

エイベルはナディルと私を見比べた。

「普段、二人は一緒にご飯食べてるの？」

「え、ええ、朝と夜は」

昼はナディルが仕事に行っているので他の使用人たちと一緒に食べている。

「じゃあ今日も一緒？」

「ええ、ちょうどこれからです」

途端、余計なことを言うなという目でナディルに見られた。しかし、もう口にしてしまったのだから仕方ない。

エイベルはにこにこしながらナディルにおねだりする。

「じゃあ今日は私もここで食べさせてくれる？　それならいいでしょう？　ナディル」

「よくない」

「だめなら私は何度でもディナーのお誘いに来るけど」

人好きする笑みのままナディルに交渉するエイベルは、実はかなり強かなようだ。さすがナディルの昔からの知り合いだ。

ナディルは悔しそうな顔をしながら、ベンにエイベルの分の食事も用意するように指示を出していた。

そして私はナディルに恨みがましい目で見られた。

わ、私悪くないでしょう!?

「さすが公爵家！　美味しいねぇ」

侯爵家であるエイベルもこれと同レベルのものを食べているだろうと思うが、美味しいのには同感である。　我が家で食べていたものとは質が違う。　一口食べただけで素材の良さがよくわかる。

「早く食べて早く帰れ」

しかしそんな質のいい食事をしているナディルは大層不機嫌である。

「ブリアナ嬢と二人きりがよかったんだろうけど、たまには私がいてもいいじゃないか。ねぇ？」

いや、ねぇ？と言われて私に振られても困る。　とても困る。　そしてなぜかギロリとナディルに睨まれた。

「なんで？　どうして？」

「──で」

エイベルがにこりと人の好さそうな顔で笑う。

「ブリアナ嬢は、ナディルとどんな契約をしているんだい？」

ギクリと肩が動いてしまった。　そしてそれを見逃すエイベルではない。　ナディルにさらに睨

134

みつけられた。し、仕方ないじゃない！　こういうときに無反応になれる鉄の心を持っていないのよ！

「なんのこと？」

無駄だろうと思いつつ誤魔化そうとするも、エイベルは首を振った。

「わかっているんだよ、ブリアナ嬢」

エイベルはふう、と息を吐いた。

「だって脅されてもしなければ、ナディルと婚約するだなんてありえないでしょう？　この性格だよ？　好きになるわけないよね？　この性格だよ？」

ひどい言い草である。確かに性格はよろしくないが、そこまで言うほどではない……と思う……。

「い、いいところも、あると、思う……」

なぜか照れてしまい、声は小さくなった。

エイベルはきょとんとした顔をしたあと楽しそうに笑った。

「だって！　よかったね！」

「うるさい」

言いながらナディルは私から顔を逸らしている。耳が少し赤く見えるのは気のせいだろうか。

「でも君の良さは、私だってわかっているんだ」

エイベルは、だから、と言葉を続けた。

「私のことをぜひ今後は友人と公言してくれて構わない！」

「すまないが、お客様がお帰りのようだ」

ナディルがベンに指示を出してエイベルを追い出そうとしている。エイベルは慌てたように垂れ目をさらに下げて手をワタワタさせている。

「だって、ブリアナ嬢に紹介したときだって、『昔なじみ』とか言って！　あれ意外と傷ついていたんだよ!?」

「昔なじみで間違いないだろう」

「そうだけれども！」

エイベルがなおも食い下がろうとするが、ナディルはすげない。やがてあきらめたエイベルは私に向き直った。

「だからブリアナ嬢も、未来のお嫁さんとして、このナディルの友人の私をいつでも頼ってくれていいよ！」

パチリとウィンクされた。

ナディルがだめだったからこちらにターゲットを絞ったのだろうか。

「はあ」

気のない返事をしながら、ナディルを見ると、まんざらでもない顔で食事をしている。

136

これは、たぶん嬉しいのだろう。

エイベルはそれに気付かず懸命に私に話しかけている。

——まったく、素直じゃない男！

可愛いところもあるじゃないと思いながら私も食事を口に運んだ。

「そして二人の子供が生まれた暁には、ぜひ、名付け親にさせてほしい……」

「ベン、お客様をお連れしろ」

「え、ちょっと、ひど……え、本当に追い出すの？　ねえ？」

ベンに引きずられながら、食い下がるエイベルだが、ナディルは無視を決め込んでいる。

「ひどいよナディル！　あ、ブリアナ嬢、また食事しようね！」

「あ、はい」

「律義に答えなくていい」

思わずした返事に、ナディルが口を挟んできた。エイベルはそのまま引きずられていく。

どんどん遠ざかる声が「またねぇ〜」と言った。

ベンは慣れた手付きで引きずっていったけれど、よくあることなのだろうか。

「あの人、いつもああなの？」

「ああ、そうだ」

ナディルは疲れた様子だ。

「あいつはいつも勝手にこっちを引っ掻き回していくんだ。いい迷惑だ」

「へえー」

「大体あいつは……なんだ？」

私の視線に気付いたナディルが言葉を止めた。

「いやあ」

思わずにやけるのを我慢できない。

「いいお友達だねえ」

途端にナディルは顔を赤らめ、無言で食事を再開した。

本当、素直じゃない可愛い男である。

「薄情な友達が、全然来ないと思ったら、兄の婚約者になったと聞いたので、来ました！」

まっっずい。

色々忙しく過ごしていてすっかり忘れていた。

今や王太子妃となったレティシアは、不機嫌な表情を隠さずに、ドルマン邸の扉を叩いた。

服装は王太子妃殿下に相応しくない、下町の娘風のワンピースである。

138

絶対こっそり抜け出してきた！　絶対また脱走している！

結婚しても落ち着かなかった脱走癖は治らず、その後も脱走術は日々巧みになっていると、以前王城に行ったときにマリアがぼやいていた。一番被害をこうむるのが、常にレティシアに付いているマリアである。たまにドッキリも仕掛けてくるからスリリングな日々であると言っていた。そんなスリルは御免こうむりたい。

レティシアは勝手知ったる我が家を、ずかずかと進んでいる。それに慌てて付いていく。居間にたどり着くと、乱暴な仕草でソファーに腰かけた。そして視線でそこに座れと、対面するソファーに促された。

すごすごと大人しくソファーに腰かける。

「どういうことなの？」

どういう……どういう……どう言えばいいのだろう……。

借金が本当にどうにもならないところまできて、そんな中なぜかあなたのお兄さんからパーティーの招待状をもらって行ったら、なぜか偽の婚約者役をやる上に、メイドまでやることになったけど、代わりに借金がチャラになる……。

言葉にしてみようとするとなかなかにシュールである。

「兄様とそんな仲になっているなんて聞いてないんだけど！」

言ってもないし、実はそういう仲になってもいない。

しかし、言っていいかどうかの判断がつかない。ナディルは実の妹まで騙す気なのだろうか。

確認しておけばよかったと後悔する。

レティシアはどこでこの情報を知ったのだろう……と一瞬思ったが、おそらくあのエイベルとの件が噂になっているのだろう。王太子妃の耳にまで入るとは、なかなかの効果を発揮している。私が何を叫んだかまでは知られていないのを願うしかない。きっと王太子妃自身の耳に、はしたない話が入らないよう、周りが気を配ってくれているはず。そうでなければ困る。本当に困る。

レティシアは悔しそうに顔を両手で覆った。

「友達なのに教えてくれないだなんて！」

「い、いや騙そうとしたわけじゃなくて……ちょっと忙しくて話をしに行く暇がなくて……」

あまりの嘆きように思わずそう言う。忙しかったのは嘘ではない。

レティシアは嘆いて覆っていた顔を上げて、はっと息を呑んだ。

「まさか私以外の友達に言ってたり……？　ひどい！　私はあなたとマリアしか友達いないのに！」

なぜか自らの悲しい交友関係を暴露された。

しかし私も似たような交友関係である。

「いや、借金持ちの私に友達なんていないから。レティシアだけだから」

140

途端ぱあ、と顔が輝いた。本当にわかりやすい娘である。

「そうよね！ とても友達がいっぱいいるタイプには見えないものね！」

「どういう意味よ！」

失礼なことを言うレティシアに怒鳴るも、レティシアはすっかり調子を取り戻し、ベンにお茶の催促をしている。

「ベンは相変わらず仕事できないのね。お客様が来てすぐにお茶を出さないだなんて」

「いきなり来ておいて無茶言うのはやめなさいよ」

ただ、いつまでもオロオロしてお茶の準備にも取り掛かっていなかったので、仕事ができないという面は同意である。

しかしたぶんベンはそれでもいいのだ。ペット枠なので。

「で、ずっと気になってたんだけど……」

私はギクリと体を固くする。

「その服装なに？」

きた！

絶対触れてくると思ったのだ。というか、私がレティシアの立場なら必ず触れる。確実に触れる。だってとても気になる。友人がメイド服を着ていたら。

そう、今、メイド服を着ている。

141

というか、ナディルの偽婚約者兼雇われメイドになってからは日々この姿で過ごしているのだが、そんなことを知らないレティシアからしたら不思議でたまらないだろう。

「まさか……」

レティシアが胡乱な目をする。

「兄様の趣味？」

「ふざけるな誰の趣味だ」

よかった、ナディル帰ってきた！　後ろになぜかエイベルもいる。

「だってこれ、どう考えてもブリっ子用に作られているじゃない！　前々から準備してなければこんなぴったりサイズにできるわけないでしょう!?」

ナディルは口に手を当てて考えている。

それは私も気になっていた。

このメイド服は私にちょうどいいサイズで作られている。私は通常より胸が大きいから、既製品の服は着られないのだ。だから、これがたまたまこのサイズであったとは考えにくいのだ。

「……前からうちで雇う話をしていたんだ」

私たちの関係を言わなかったところを見ると、ナディルは私との関係を、レティシアに知られたくないようだ。とりあえず話を合わせることにする。

「そうなの。だから事前にサイズの合ったメイド服も準備できたのよ」

142

私の言葉に、レティシアはまだ疑わしげだ。

「えぇ……でもこの屋敷で働いているメイドの服と違って、ちょっとした部分にレースがあったりして、明らかに贔屓してると思うんだけど……」

「していない気のせいだ」

だいぶ早口で否定するナディルをレティシアはやはり納得しない顔で見ている。

確かに、私の服は他のメイドと少し違っている。基本は同じなのだが、裾にほんのりレースがあったり、ボタンの形が違ったりする。

今更だけれど、これもしかしてナディルの趣味なのだろうか。

そういえば、前、エイベルに会ったパーティーでも、ナディルは私の準備にとても力を入れていた。

そこで私はポンと手を叩いた。

「ナディルはファッションが好きなのね!?」

自信を持って言ったのに、なぜか兄妹二人からあきれた顔をされた。

「ああそうそうだ」

「ええもうそれでいいんじゃないかしら」

「ど、どうして急にそんなおざなりに!?」

さっきまであんなにいがみ合っていたのに、すっかり意見を一致させた兄妹に驚くも、二人

はお互い頷き合った。

「いや、なんか大体わかったから……大変そうだなあとは思う。兄が」

「え、どうしてナディルが⁉」

「そういうところよ」

そういうところってどういうところ?

まったく理解できない私を置いて、兄妹二人は理解し合っている様子だ。さすが兄妹という
ところだろうか。

そんな私の肩をエイベルがポン、と叩いた。

「ブリアナ嬢、私も友達だからね!」

もしかして、それを言いたくて、ずっといたのだろうか。礼を述べようとすると、その前にレティシアの声が挟まった。

だが気持ちはありがたい。

「親友は! 私だからね!」

ね!とレティシアが手を握ってくるので、思わずコクコクと頷く。

後ろでナディルがため息を吐いた。

「こんなふうに脱走されても面倒だ……。今後は定期的にレティシアに会う日を作ろう……」

同意である。

144

「デートというものに行こうと思う」

突然そう言い出したナディルに、私は頷いた。

「うん、いってらっしゃい?」

どうぞ、と手を振る私を見てナディルは眉間にしわを寄せた。な、なんで?

「お前と俺の関係は?」

「ええっと……雇い主と雇われた人間?」

ほっぺを軽く引っ張られた。

「俺とお前は今、仮とはいえ、婚約関係だろうが」

「……うん?」だから、偽の婚約関係だから、どうぞ、デートとかご自由にって意味だったんだけど……」

今度は反対側を引っ張られた。

「俺たちの関係をきちんと明確にみんなに知らしめるために、デートに行こうと言っているんだ」

「……もしかして、私と?」

「今の説明を聞いたらそれしかないだろう」

ようやくナディルが私の頬から手を離した。

こ、これはつまり……。

「デ、デートのお誘い……」

「だからそう言って……いや、もういい……！」

ナディルがため息を吐いたがそれどころではない。

――わ、私、デートなんて初めて……！

正確には、デートが初めてというより、デートのお誘い自体初めてである。

悲しいが、それだけ狙ってきた男性からは袖にされてきたのである。大体借金があることを

知られた時点で相手にされなかった。あ、泣きたくなってきた。

その私がデートである。お仕事であるとしても、デートである！

「デート……」

デートという言葉を嚙み締めるほど、実は憧れていたのである。

二人で食べさせ合う露店の食事、似合う服を選んでもらったり、最後に花束をもらったり。

そしてそのままプロポーズとか！

妄想甚だしいという意見は聞かない。乙女の夢ぐらい自由に見させるべきなのだ。

「場所は人目に付くように、上流階級貴族ご用達のレストランだ」

レストラン……。

上流階級貴族が行く、レストラン……。

「私、粗相しないかしら……」

さっきまでデートだと言われて浮かれていたのに、途端に不安になる。なぜなら私は所作に自信がないからだ。残念ながら下級貴族出身。レティシアのような完璧な淑女ではない。

「大丈夫だ」

そんな私を励ますようにナディルが声をかける。

「毎日俺と食事して直してきただろう。問題ない」

確かにここで働くようになってから、朝と夜は必ずナディルと食事をし、カトラリーの持ち方など、日々教えられてきた。

どうしてこんなことを、と思ったが、仮のものだとしても、自分の婚約者が教養なしだと思われるのは我慢ならないと言われたら、従うしかない。

そうか、あの訓練が活かされる機会が来たのだ!

「わかったわ! 私、完璧なテーブルマナーを披露してみせる!」

自信を持って宣言したら、不安そうな顔をされた。どうして?

◇◇◇

「だ、大丈夫……私は大丈夫……」

あんなに自信満々だったのに、レストランに着いた途端に自信が消失した私は、自分に言い聞かせるように呟いた。

でも、仕方ないと思う。だって、どこもかしこも、私のようなにわかではない上流階級貴族が美しい所作で食事をしているのだ。

そんな私をナディルはあきれたように見ている。

見た目だけは問題ないと思う。というのも、前のパーティーのときのように、ナディルが全部コーディネートしたからだ。ドレスから小物、靴、そして化粧までナディルが決めた。そしてそのセンスはなかなかいい。おかげ様で、私は見た目だけなら上流階級のご令嬢に見えるはずだ。見た目だけなら。

しかし残念ながら中身が伴っていない。

「わ、私は大丈夫……私は大丈夫……」

再び呪文を唱えるも、大丈夫な気がしない。

「お前……普段は堂々としてるのに、なんでこういうときは、だめなんだ?」

ナディルの無神経な問いかけに、私は彼をキッと睨みつけた。

「ただのコンプレックスですけど!?」

私自身は、元々の生まれは平民の孤児である。運よく貴族の家に養子に行けただけで、結局

148

は庶民なのである。

庶民なの！

「お前はなんでか自分の生まれを卑下するがな……」

ナディルが一度言葉を止めてからはっきりと言った。

「お前は、きちんとしたご両親に育てられた、貴族のご令嬢だよ」

その言葉に私は目をパチクリと瞬いた。

「そう、ね……」

義両親は私を引き取ったあと、実子と相違ないであろう教育と愛情をかけてくれた。

そうだわ。私、庶民以前にお父様とお母様の娘だった。

途端に落ち着いた私を見て、ナディルは頷いた。

ちょうど料理も運ばれてくる。

「大丈夫だから、しっかり食べろ」

「うん」

落ち着いてナイフとフォークを手にする。音を立てないように、スッとナイフを引く。途端、

肉汁が溢れ、食欲をかき立てる匂いがする。

私、この場でも浮かずに食事ができてる……。

嬉しくなってナディルを見ると、こちらを見て微笑んでいる。

無性に恥ずかしくなって、自分の手元を見ることにした。　切った肉を口に運ぶ。

「美味しい！」

「それはよかったな」

公爵家の食事ももちろん上等で美味しいが、外で食べるのはまた違う。　私は滅多に味わえない極上の料理を噛み締めた。　少し気持ちに余裕ができてきた。

そして気付く。

「あの」

「なんだ？」

「あの、斜め左に座っているのはエイベルではないかしら」

「そうだな」

なぜかエイベルが一人で座って食事をしている。　さすが侯爵家の人間。　所作も美しいが、周りがみな誰かを連れているだけに、一人なのが目立っている。

そしてもう一人目立っているのがいる。

「そのエイベルからさらに左のテーブルに座っているのは、レティシアではないかしら」

「そうだろうな」

私が気付いてナディルが気付いていないはずはない。　エイベルは実に微笑ましそうに、そしてレティシアは恨みがましそうにこちらを見ていた。　対照的すぎて困る。

「あれ、何?」

「大方、ベン辺りがポロリと漏らしたんだろう。放っておけばいい」

「放っておけばって……」

エイベルはいいけれど、レティシアなんて、射殺さんばかりにこちらを見ているのだけれど。

「大丈夫だ。もう少ししたら……ああ、来た」

言われて入り口を見ると、客が一人入ってきた。上品な足取り、美しい顔、すべてが周りを魅了する。

服装こそ、お忍びスタイルであるが、王太子殿下、その人である。

彼を認識した瞬間レティシアがカタカタと震え出した。しかし、すぐに震えが止んだ。おそらく人目があることに気付いたのだろう。震えを即座に止めるなど、素晴らしい特技である。

王太子殿下はレティシアの向かいの席に座ると、にこりと微笑んだ。

レティシアも微笑み返す。

麗しい王太子殿下と、その妃のお忍びデートシーンの出来上がりである。

しかし、王太子妃殿下の手はわずかに震えている。

きっとまたこっそり抜け出してこのレストランに来たに違いない。

私には、王太子殿下の笑顔を見て悲鳴を上げるレティシアの内心がわかる。

でも自業自得なのでどうにもならない。

私は食事に専念することにした。せっかくの美味しい食事だ。味わっておかなければ損である。ナディルもレティシアやエイベルを気にせず食事を続けた。

後日レティシアからそのことを責められたが、私には自分の悪いところが一つも見つからなかった。

いいかげん、脱走するのやめなさいよ。

「なんか今朝めちゃくちゃ怒られたんだけど、どうして?」

ベンが小首を傾げている。

この男……本当にわかっていないのだろうか……。

「ベン、私とナディルがレストラン行く話、レティシアとエイベルに漏らしたでしょう。それで怒っているのよ、ナディルは」

「えー! 漏らしてないよー!」

ベンが心外だとばかりに否定する。

「へーほーふーん?」

疑わしい目でベンを見るも、ベンは曇りなき眼で見つめ返してくる。

「本当に言ってないんだ?」

「言ってません!」

「じゃあ一昨日、エイベルとレティシアと会話しなかった?」

「したよ?」

やっぱり!

「なんて会話したの?」

「次の日のナディル様のご予定を訊かれた」

「なんて答えたの?」

「レストランに行くって」

「他には?」

「えーっと……アナ姉の予定訊かれた!」

はい、確定。

「そこまでわかれば私たち二人が出かけるのなんて、わかるでしょうが!」

「えー! わっかんないよ! 俺はわからないもん!」

「いい男がもん! って言うな! もん! って!」

「それはあんたがアホなだけだから! あとでナディルにしっかり謝っておかないと、棄てら

れても知らないわよ!」

「え——！　嫌だあ！　俺ここ出されたら生きていけないー！」

そうだろう。ベンがここ以外で生きていける未来が私にも描けない。

「じゃあレティシア様とエイベル様、レストランに来ちゃったの？」

「ええ、ばっちりお互いの表情がわかる位置にいたわよ」

ベンが頭を抱えた。

「わー！　じゃあ怒ってるよー坊ちゃま！　あんなに楽しみにしてたのにー！」

その言葉に私はピタリと動きを止めた。

「え？　楽しみ？」

私の言葉に、ベンは半べそをかきながら答えた。

「前日にせっせとアナ姉に着せるドレス選んだり、また髪飾り増やしたり、それはもう楽しそうだったよ」

ベンは怒られることしか頭にないようだが、私はそれどころではない。

「た、楽しそうだったの……そう、ふうん、そう……」

思わずにやけてしまう頬を押さえる。

ナディル、そんな素振り一切見せなかったのに、実は私とのお出かけにウキウキしていたのだろうか。

いまいちナディルの気持ちがわからないけれど、嫌な気はしない。

154

結局抑えきれずににやけてしまった。

「アナ姉気持ち悪い」

「あんたその口縫いつけるわよ」

ひいいと叫び声を上げてベンが逃げて行った。

……掃除、一緒にやるはずだったんだけど。

後でサボったことを報告しようと決めた。

「おかえりなさいナディル！」

いつになく機嫌よく出迎えた私に、ナディルは少し後退る。

「何か、企んでるのか……？」

「失礼ね！」

企んでなんていない。ただ単純に機嫌がいいだけだ。

「さあさあ上着を脱いで！」

「あ、ああ」

いつも嫌々仕事をしている私が、積極的に取り組んでいることに驚いているナディルから上

着をはぎ取る。

「さ、さ、次は部屋着に着替えるわよ！」

「あ、ああ？」

今度は服を全部脱ぐように促す。この作業も慣れたものだ。結局恥ずかしさを完全に消すの
は無理だったので、目を瞑ってボタンを外して脱がして着せられる技術を修得した。私、自分
で思うより器用だったのかも。そういえば、商売用に服を作るのも苦ではないし。

ナディルはなぜか私が恥ずかしがって着せる姿を見たいようだが、それでは効率が悪すぎる。
テキパキ着替えさせる技術が向上したのに、不満そうだ。

「こういうのは恥じらう姿がいいものなのに……わかっていない……わかっていない……」

「何ブツブツ言ってるの？」

小声で何か言っているナディルに訊ねるが、ただ首を振られただけだった。

着替えが終わって、私は意気込んだ。

「じゃ、今日は背中を流してあげるわ！」

「なっ……！」

ナディルが顔を真っ赤に染める。その姿に私はほくそ笑んだ。

「ふふふふ、だって、私とのデート楽しみにしてたんでしょう？　前日からソワソワしてドレ
ス一生懸命選んじゃうぐらいに！」

「なっ！　どうしてそれを……！」

「ベンが言ってた」

「あの駄犬が……！」

やっぱり犬だと思ってたんだ。そうよね、執事っていうより犬よね。しかも賢くないほうの犬よね。

「それだけ楽しみにしてたってことは……」

ナディルがゴクリと唾を飲み込んだ。その瞳は何かを期待するように少し潤んでいる。

「大丈夫、私、わかっているわよ！」

「初デートだったのね？」

「……は？」

ナディルがポカンとした顔で口を開ける。私はそっとナディルの手を握った。途端ビクリと手が跳ねた。

この反応、やっぱり。

私は全てわかっているというように、首を振った。

「大丈夫、初めてのデートで、はしゃいじゃったのね？」

「……はぁ？」

ナディルは今度は不快そうに声を上げた。

「それなのに、レティシアやエイベルに邪魔をされてさぞがっかりしてるわよね?」

「……はぁ」

今度は落胆のため息だ。やっぱり! ショックだったんだね!

「だから、可哀想なナディルの背中を流してあげる! 初デートってことは、されたことないわよね? あ、もちろん私は服を着たままだし、基本目を瞑ってやるけど、男性にとってはロマンなんでしょう?」

「…………」

ついにナディルが黙り込んでしまった。

可哀想に……私自身は初デートに誘われたそれだけで嬉しかったし楽しかったが、きっとナディルはもっとしっかりデートをしたかったのだろう。

「ほら、気落ちしないで! 私も初デートだったから……」

ちょっと残念、と続ける言葉は遮られた。握った手を握り返されたからだ。

「本当か?」

「え?」

「初デートだったというのは本当か?」

「ほ、本当だけど……?」

残念ながら借金持ちの男爵令嬢をデートに誘うほど気概のある男性には出会えなかったので。

ナディルはなぜか私の回答を聞いて固まってしまった。どうして顔が赤いんだろう。お風呂に入る前に逆上せた？

「風呂は……」

ナディルが、しっかりと私の手を握りしめる。

「時期的に早いので」

なんの時期……？

「膝枕をお願いしたい」

あれ、なぜ私はこんなことを？

ナディルの要求通り、膝枕をすることになり、ソファーに移動した。私は端のほうに座り、ナディルは全身を横にしている。

もちろんその頭は私の膝の上である。

あれ……？　本当になぜ私はこんなことに……？

ナディルが初デートにウキウキだったと聞いて、初デート仲間であり、ナディルにもそんな可愛い一面があるのね！と思い、そして、それならデートに邪魔者が入って内心残念に思って

いるのだろうと思い、背中を流してあげる提案をしたのだ。なぜ背中を流すという話になるか

というと、この間、エイベルが男のロマンについて語っていたのを思い出したからだ。

ええ、そんな提案をしたあのときの私どうかしてた。

こう、一時のテンションに身を任せてはいけないわよね……。

しみじみとそう痛感する。あの提案が採用されなくてよかった。ナディルがまだ冷静でよ

かった。

いや、冷静なの……だろうか……?

私の太ももに乗せられたナディルの頭を撫でる。むず痒いのか、身じろぎした。

「あ、あの—……ナディルさん?」

「なんだ」

「これはどういう状況なのでしょうか……」

「膝枕だ」

いや、そうだけど。

そうだけど、聞きたいのはそれじゃない。

「えっと……」

「なんだ?」

「なんでもないです……」

160

結局口を閉ざすことにした。

太ももに乗る頭は結構重い。私の頭もこのぐらい重いのだろうか。

ずっしりとした重みを感じながら、たまに頭を撫でる。大人しく受け入れられるそれに、猫を膝に乗せている錯覚に陥りそうになる。

でも頭を載せているのは二十二歳の男だ。

……でも、ちょっと可愛いかも……。

大人しいナディルは貴重だ。しかもたまに掌にすり寄ってくる。

これは、結構可愛い。

いい年した男に対して抱いていい感想かわからないが、可愛い。

撫でていると、ウトウトしてきた。ナディルも舟を漕いでいるように見える。

重力に逆らえなくなった瞼を閉じようとすると、バターンとすごい音を立てて扉が開いた。

「ちょっと二人ともご飯冷めちゃう――」

そこまで言ってベンはようやく私とナディルを視界に入れた。

顔を真っ赤にする。

「お、俺、何も見てません！ 二人がいかがわしいことしてるところなんて、まったく見てません！」

「してないわよ、いかがわしいことなんて！」

162

少し元気を取り戻したベンが「あ」と声を出した。

な、なんで仏心で慰めてあげようとした私が脅されているの!?

そう言うと睨まれたので、コクコク頷いておいた。

「え、一回こっきりのつもりだったんだけど……」

「今度、続きを頼む」

頼りない返事だが、一応返事をしたベンにナディルは納得したようだ。

ナディルは今度は私のほうを向いた。

「ひ、ひゃい!」

「ベン、いいか、ブリアナに気安く触れるな。これだけは守れ。いいか?」

ナディルはベンに顔を近づけた。

ベリっと、ベンと離された。

ナディルはベンに顔を近づけた。

で後ろに隠れた。それが火に油を注いだ様子でナディルはベンを余計に睨みつける。

私にもわかるほど殺気を放つナディルに、ベンは怯えた様子でソファーに座る私の肩を摑ん

「ひああ、何か怒ってますー!?」

「うるさい……ベン、お前は邪魔ばかりするな……?」

渋々ナディルが起き上がった。

とんでもない勘違いを始めたベンに否定するも、顔を赤らめたままだ。

「レティシア様から、坊ちゃんが不埒なことをしたら報告するように言われたんですけど、今回のお伝えしていいですか?」

「絶対やめろ」

綺麗にそろった私とナディルの声に、ベンは怯えたように、「はい」と返事をした。

「女の友情など儚いものなのよ」

レティシアに会いに王城を訪問すると、レティシアが恨みがましい目でこちらを見てきた。

「え? 何が?」

そんな目をされるいわれがまったくない。

訳がわからなくて訊くも、首を振られた。

「いいの、ええ、そういうものだとわかっているの……」

なぜか悲劇のヒロインのようなレティシアの脇から、侍女のマリアが本を差し出してきた。

「王太子妃様、最近これ読んでるんですよ」

『友情と恋心』……へえ、友情壊れる話なのこれ」

「ちょっとそれでナーバスになってるんです」

164

「マリア！　ちょっと黙ってて！」

手の中にあった本を取り上げられる。恋愛小説を読んでいることがバレたのが恥ずかしかったのか、少し頬を赤らめながら本棚に戻していた。

ところで、確かにこの部屋にある本は、全て王太子殿下が用意したはずなんだけれど、今のも王太子殿下の趣味だろうか。まさか遠回しに、友情より愛情を取れとすり込もうとしているのだろうか。

本のラインナップが気になったが、なぜかレティシアがプリプリしているので、仕方なく本棚から視線を外した。

「ブリっ子は、私より兄様のほうがいいんでしょう!?」

何？　どうしてそういう話になったの？

「だってだって、あんまり王城に来てくれなくなったし」

「仕事あるんだから仕方ないじゃない」

「でももうちょっと増やしてくれてもいいと思うの！」

「え、ええー……」

どうして私はなかなか家に帰ってこない夫のような責められ方をしなければいけないのだろうか。

「やっぱり、友情というのは、何より優先するべきなのよ！　そうでしょう？」

「王太子妃様、最近こんなのも読んでいるんですよ」

『友との距離の測り方』……これ一番初めに、適度な距離感を保ちましょうって書いてある
けど」

「マリア！　こ、これはあくまで参考よ参考！」

全然参考にできてないじゃない。

「違うのよ、違うの……私が何より納得いかないのは……」

レティシアが、私から奪い返した本を握りしめる。力をこめすぎてミシミシ言っているけれ
ど大丈夫だろうか。

「兄様に負けた気がすることよ！」

興奮したのか、レティシアはやや乱暴な仕草で本を戻した。

「あの兄様に、負けた気がすることよ！」

わざわざ二回言った。

「なんか嫌なのよ……わかるこの気持ち？」

「いや、私兄弟いないし……」

「んうー！　通じないこの感じ！」

レティシアがもどかしそうに手をワキワキするがわからないものはわからない。

そんな私の肩をマリアが叩く。

166

「ただの嫉妬ってやつなので、放っておいていいですよ」

「マリアー！」

マリアはいつの間にか、自分もマフィンを口にしながら言う。

い。いくつか種類があって、私はこのチョコ味が気に入った。美味し

嫉妬というが、そんな嫉妬をされるほど、ナディルと仲良くなっていない。

うん、まあ最近少し優しくされるようになった気もするけれど。ちょっと可愛いと思うとき

もあるけれど。

膝枕とかしたけれど。

「あー！　ブリっ子が何か思い出して頬を赤らめてるー！　ほらぁ、だから同居なんて反対な

のよ！　どうせ口にできないことをされてるのよ！　きっとそうよ！」

「人を破廉恥な妄想に巻き込まないでくれる!?」

「妄想なんてしてない！」

「マリアー！」

「最近、『突然結婚した私、でも旦那様は優しくて』という本を読んでましたよ」

その、本にあれこれ影響される癖は治らないのだろうか。

いや、やめよう……。　考えたらいけない気がする……。

……ところでそれも王太子殿下が選んだのだろうか。

私は頭を振ってお茶に口を付けた。

「男は狼なのよ！」

「ちなみにその言葉は、この間読んでいた──」

「マリアー！」

うん、気にしたら負けだ。

でも『友との距離の測り方』という本は借りていこうと思う。

そういえば、確認していないことがあった。

「私、商売ってこのまま続けてて大丈夫かしら？」

夕食時にそう切り出した私に、ナディルは目を瞬かせた。

「借金はもうないが……」

私は首を振る。

「そうじゃなくてね、あれはね、もう趣味の一種なの」

元々は、借金返済のために始めたものだったが、やっていて実に楽しかったのだ。

まあ稼ぎはまったく返済に追いつかず、利子しか返せなかったけれど。

「続けたい気持ちはあるけれど、今現在、私あなたの婚約者となっているでしょう？　あなたがそれを迷惑だと思うのなら、やめるけれど」

正直残念だが、仕方ない。

上流階級の貴族の妻が商売をしているなど聞いたこともない。私はそのあたりははっきりわからないが、妻が商売をするというのは、貴族男性から忌み嫌われる行為なのかもしれない。

「いや、問題ない。好きにすればいい」

私の心配をよそに、ナディルはあっさりと快諾した。

「え？　いいの？」

「ああ、好きにしろ」

「でも、高位貴族の妻が仕事しているなんて聞いたことないけど」

ナディルはフォークを置いた。

「働かなくて済む稼ぎがあるから必要がないというだけだろう。だが、別に妻が働いてはいけないというルールはない」

「……なんか、ナディルが悪く言われたりしない？」

心配して言った私の言葉に、ナディルはにやりと笑った。

「こういうときの、レティシアじゃないか」

こういうときの、レティシア？

首を傾げると、ナディルは説明を始めた。

「お前は客を選ばず商売をしていたが、それを一度やめて、レティシアや貴族メインにしてみるといい。まずはレティシアメインだな」

「どうして？」

ナディルはベンに飲み物を持ってくるように指示を出した。

「レティシアはあんなでも王太子妃だ。人望がある。その王太子妃お気に入りの商売人となれば、そこから自然と信頼と、客足につながる」

「確かに……」

「それに、王太子妃お気に入りの娘に文句など付ける人間はそうそういない。だから、お前は安心して商売ができる」

「そうね……」

つまり、レティシア相手に商売するだけで、私としては全てうまくいくのである。

「そうね、そう考えるとレティシアの影響ってすごいわね」

「そうだな。あんなでも王太子妃だからな」

「そうね、あんなでも王太子妃だものね」

たとえ脱走癖があろうと、異様に足が速かろうと、王太子妃なのだ、彼女は。

公の場ではしっかり猫を被れる、王太子妃なのだ。

170

未だにあの切り替えの早さには付いていけない。さっきまで走りまわっていたのに、いざ式典となれば優雅に歩みながらみなに手を振っているのだ。

どうすればあんなにスパッと変われるのだろう。

「だから、何か言われるかとか、こちらのことは気にせず、自由にするといい。俺は女を縛り付ける趣味はないんだ」

「ナディル……」

やだ、うっかりジーンときた……。

私のことを、借金返済という鎖で縛り付けているということには目をつぶってあげよう。大変助かっている。

正直助かっている部分のほうが多い。

寝るところもあって、食べ物も高級なものを食べさせてもらって、多少メイドの仕事はするが、重労働でもない。ナディルとデートしたりするのも結構楽しい。

あれ、得ばっかりだわ！

「ナディル、何か私にしてほしいことない？」

「急にどうした……？」

おずおずと言い出した私を、ナディルは不思議そうに見る。

「だって、冷静に考えて、ナディルに得な部分が少なすぎると思うの」

「そんなことか。大丈夫だ。おかげで変な見合いをしなくても済む」

「でも、それでも何かお礼をしたいわ。なんでも言って」

私の言葉にナディルは一瞬動きを止めたが、すぐに深く息を吐いた。

「大事なことを教えておく」

「うん？」

「男になんでもすると言うと、とんでもないことになるぞ」

「え？」

「よく意味がわからない私に、ナディルは続ける。

「世の中には、それを真に受ける人間がいるんだ」

「うん？」

「だから、何されても文句言えなくなるから、今後軽はずみにそういう発言をするのはやめておけ」

どうしよう、よくわからない……。

別に軽はずみでもなんでもなく、ただお礼がしたかっただけなんだけれど。

オロオロしている私を見て、ナディルがハッとした顔をする。

「まさかすでに誰かに言っていないだろうな!?」

「い、言ってないわ！」

鬼気迫る表情に怖気づきながら、否定する。

「本当だろうな!?　ベンとかにうっかり言ってないだろうな!?」

「どうしてピンポイントにベン!?」

「いや、あいつなら言葉の深さに気付かないアホだろうから大丈夫だと思うが、俺より先にそ

の台詞を聞いていたら腹立たしいなと……」

「言ってないわ!　ナディルだけよ!」

ナディルが口を押さえた。

「どうかしたの?」

「いや、ちょっと……胸がいっぱいになっただけだ」

「胸?　お腹じゃなくて?」

よくわからないが、ナディルは胸を押さえてため息を吐いている。

「ねえ、体調悪いわけじゃないよね?」

「ああ、大丈夫だ。　少ししたら落ち着く」

「そうなの?」

それはどういう症状なのだろう。　満腹感からくるものなのだろうか。

「ああ、大事だから、これだけは約束しろ」

「何?」

「絶対男になんでもしてあげるとか言うな。　絶対だぞ」

「わ、わかったわよ」

しっかりと約束させられ、お礼はうやむやになってしまった。

よくわからなかったので、翌日、ベンにも訊いてみたのだが、「俺にそんなことわかると思う?」と言われてあきらめた。

男心はよくわからない。

お礼というのは、なにも本人にどうしてほしいか訊かなければできないものではない。

そう気付いた私は、空いた時間にせっせと「お礼」に取り組んでいる。

できれば、あと一週間ぐらいでできるといいのだけれど……。

最近急に冷え込んできた。まさに冬到来。寒さが本格的になる前に完成させたい。

睡眠時間を削ってせっせと励んでいたのだが、ナディルは目敏かった。

「隈があるが、寝ていないのか?」

「い、いえ、眠っているわよ」

「でも隈がある」

「最近寒いから、寝つきは悪いのかもしれないわ」

174

ナディルはあまり納得をした顔をしなかったが、それ以上追求してはこなかった。

よ、よかった……。できれば完成するまで秘密にしたい。

ホッと安堵の息を吐く。

その日の夜も、せっせと取り組む。というか、もうほぼできているのだ。今夜で完成するはず。

あともう少し、と手を動かしているところに、コンコン、と扉がノックされた。

「ブリアナ？　入っていいか？」

ナディルである。

夜になって私を訪ねてくる人間など、ナディルしかいない。

「あ、ま、待って……！」

私は慌てて、それを枕の下に隠した。

「ど、どうぞ」

しっかり隠れているのを確認しながら、ナディルに声をかける。扉を開けてナディルが入ってきた。

「嘘つけ、眠れていないだろう」

「悪くなんてないわよ？」

「調子が悪そうだったから様子を見に来たんだ」

そう言いながら、目の下を撫でられて、ビクッとする。きゅ、急に触ってこないでよ！

ワタワタしながら言い訳を探すも、本気で心配している様子のナディルに罪悪感が芽生えた。

「……お礼しようと考えて、心配させてたら、意味ないわよね……。

私は枕の下に隠していたほぼ完成しているそれを引っ張り出して、ナディルに渡した。

「これは？」

「マフラー」

これから寒くなるからと思って、作ったのだ。社交や仕事場では当然使えないだろうが、た

まに街に出るときや、庭に出たときにならきっと使ってもらえると思って作ってみた。

編み物は得意だと自負しているので、変な仕上がりにはなっていないはず。

「……誰かにあげるのか？」

ナディルが手を震わせている。なんだろう。どこか笑うほどおかしなところがあったかな。

「ナディルにだけど」

本当は、もっと驚かせる形で渡したかったが仕方ない。

「日ごろの感謝をこめて作ってみたの。手作りだから、高級品には負けるけど、まあまあうま

くできたでしょう？」

だから褒めろと思ってナディルを見ると、ナディルはマフラーを持ったまま固まっている。

「お、俺に……？」

「この間、なんでもしてあげるっていうのは断られちゃったから、じゃあ手作りの物でも渡そ

176

うかなと思って……気に入らなかった？」

自分ではよくできたと思ったけれど、やっぱり高級品に囲まれたナディルには粗末に見える

のかもしれない。

不安になる私に、ナディルは声を張り上げた。

「そんなことはない！　よくできている！」

ほっとして息を吐いた。

「その、ありがとう……」

ナディルが照れた表情で言う。よかった。喜んでもらえたみたい。

「あ、あとね」

私はベッドの下から箱を出した。

「はい、残り」

「……残り？」

ナディルは箱を受け取る。

「うん、開けてみて！」

笑顔で言うと、ナディルは言われた通りに、箱を開けた。

「これは……」

ナディルの驚いた顔を見て、私は嬉しくなった。

「うふふ、マフラーだけじゃないのよ！　手袋と、寝るとき寒くないように、靴下と腹巻も作ったの。　最近冷えるでしょう？」

「靴下と……腹巻……」

「義父母は年だし、冬の寒さはこたえるっていうから、よく作ってあげてたのよ！　なかなか上手にできてるでしょう？」

「あ、ああ……」

よかった！　頑張って作った甲斐があったわ。

「義父母と同じ扱い……いや、家族の枠組みに入れてもらえたと考えれば……」

ナディルが何か小声で言っている。なんだろう。

でも喜んでもらえたから、今度はセーターでも作ろうかしら。それとも、毛糸のパンツ？

義父母は喜んでいたけれど、どうかしら。

うんうん考えている私には、ナディルの深いため息はまったく耳に入らなかった。

気付けばもうこの屋敷に住んで半年が経過していた。

夕食の配膳をしながら過ぎ去っていった日々に思いを馳せる。若い娘の半年は貴重なものな

178

のである。

　ふぅ、と息を吐きながら席に着く。食事は一緒にとることとナディルに義務付けられているからだ。

「どうしたの、ブリアナ嬢。浮かない顔だね？」

　そんな私に目敏く気付いて言うのはナディルの友を自称するエイベルだ。ちなみになぜ自称なのかと言うと、未だにナディルから友人だと言われていないからだ。可哀想に。

　エイベルの垂れ目を見ながら私はまたため息を吐いた。

「ホームシックです」

　私の言葉に、ナディルとエイベル、そして後ろに控えるベンが顔を見合わせた。

「お前はホームシックになるなんてキャラじゃないだろう？」

　おいこらどういう意味だそれ。

　発言したのはナディルだが、後ろの二人がうんうん頷くので、三人の意見と考えていいだろう。

「ホームシックです」

　私は敢えてナディルの言葉を無視するように、繰り返した。

「大勢の前で自分が処女だと言い張る女性にそんな繊細さはないと思うんだけど」

「人のおねしょで爆笑する人がホームシックとか」

　エイベルとベンが、私がホームシックなどになるはずがないと頑(かたく)なに言ってくる。二人の中の

私はどうなっているのだ。確かに処女と言ったけれど、言う必要がないなら言わない。私は痴女ではない。あとおねしょの話は昔のことすぎて無効だと思う。

「ホームシックです」

二人を無視して再び言うと、ナディルは逡巡する。

「ホームシックです」

あとひと押しだと思い、もう一度言うと、ナディルは両手を上げて降参のポーズを取った。

「わかった。一度家に帰るといい」

「やったー！　ありがとうナディル！」

感激して笑顔で礼を述べるとナディルに顔を背けられた。精一杯の感謝の意に対して失礼である。

ホームシックというのは嘘ではない。本当になっている。　義両親とこんなに長い間離れたのは初めてなのだ。　家に帰りたくてたまらない。

なので帰る許可が出てとても嬉しいのに、心の底から喜べない。

「お前の実家、田舎なんだな」

なんでついてくる?

私の久々の帰郷に、なぜかナディルも同行していた。なぜだか本当にわからない。

「あの……私一人で帰りたいんだけど……」

「今更遅い」

ごもっとも。

もう馬車は、実家まであと一時間の距離まで来ている。今更目的地に寄らずに帰るなど、非効率的だ。

「うちに来ても何もないわよ?」

「大丈夫だ。期待していない」

私はムッスーと頬を膨らませる。失礼な男!

私の様子に気付いたナディルが、お菓子を差し出してきた。

それはそれでムカつくんだけど……。

確かに何もないけれど。でも、人の好い両親が大事にしている家なのよ!

「王都で流行っているらしい。ほら、食え」

故郷を田舎呼ばわりするこいつからなどもらってやるかと思うも、さすが王都の流行り。ナディルが差し出したのはカップケーキだけれど、上が砂糖菓子でできているのだろうか。色鮮やかにデコレーションされており、それがまた目でも楽しませてくれる。とてもいい匂いがし

て、抗えず、ナディルの手にあるそれを受け取り、口に入れた。

「美味しい！」

自分で言うのもなんだが、食べ物で機嫌を直すなど、現金な女である。拒否するわけもな

もにょもにょ味を堪能していると、ナディルがもう一つ差し出してきた。拒否するわけもな

く、それを口に運ぶ。美味しい。すごく美味しい！

余ったら義両親にも食べさせてあげようと思いながら咀嚼する私は、そのときのナディルの

表情などまったく見ていなかった。

◇◇◇

久々の我が家だ。

「ただいまぁー！　お父様お母様！」

元気よく扉を開ける。手紙で事前に知らせていたので、義父母はすぐに玄関に駆けつけてく

れた。

「おかえりなさい、ブリアナ」

温かく迎え入れてくれる義母の胸に飛び込む。遅れてきた義父はそれをにこやかに眺めてい

た。

182

「ナディル様も、ようこそおいでくださいました」

「急に来て申し訳ない」

「いえいえ、なにからなにまでしていただいて、感謝しております」

義父の顔は、以前よりなにふっくらしている。

はナディルが借金を肩代わりしてくれたので、ゆとりができたのだろう。

義母も、以前より少し肉付きがよくなった手で私を撫でると、家の中へ促してくれた。

居間に着くと、メイドがお茶を淹れてくれた。

「メイドの手配までしていただいて、ありがとうございます」

「護衛の方まで……」

さすが元公爵家のメイド。私が淹れるのとはケタ違いのお茶に舌鼓を打つ。

……ところで護衛って何?

メイドは聞いていたけれどそれは初耳だ。

「おたくの大事なお嬢様をいただくのですから当たり前のことですよ。今後もこちらで手配させていただきますが、お気になさらず」

ナディルがよそゆきの笑顔を張り付けながら言うと、義父母は感謝を述べた。こいつ、私にはこんな爽やかな笑顔しないくせに……。

「それで、泊まっていただくお部屋なんですが……」

義母がおっとりとした仕草で頬に手を当てた。

「ブリアナと同じ部屋でとのことでしたが、よろしかったでしょうか?」

懐かしの自室で私はナディルに詰め寄った。部屋は私がいたころとほぼ変わらないが、一つだけ変わっている。

ベッドが大きくなってる。

義父母あからさますぎだよ!

私に対して「夢の玉の輿ねブリアナ」「いい人だから逃がさないようになー」と言って去っていった義父母に、開いた口がふさがらなかった。

「両親に私のこと本当の婚約者だっていうことで話してるでしょう!?」

でなければ話がおかしい。義父母は私がナディルと本当に結婚すると思っている。憤慨する私にナディルは部屋でくつろぎながらあっさり言う。

「当たり前だろ」

というか、そのベッドの上で堂々とくつろげるってどういう神経してるの!?

184

「なんでよ！　誤解を解いてきてよ！」

「誤解されて困ることないだろう」

「現在進行形で困っているわよ！」

「おかげでベッドが一つしかないもの！」

「どこからどう話が漏れるかわからないんだ。　騙すなら全部騙す」

「思考回路が悪党そのもの……」

「あ、あと護衛って何？」

似たようなことを、この間読んだサスペンス小説で犯人が言っていたわよ。

「護衛は護衛だ。　お前は俺の婚約者ということになっている。　公爵家子息の婚約者だぞ。　危険は増えるし、実家に対して何かされるかもしれない」

言われてなるほど、と納得する。

「確かにそうね。　疑って悪かったわ」

「疑ってなんだ」

「いや、監視役でも置いてるのかなって……」

「お前の中の俺はなんなんだ……」

はあ、とため息を吐いて、ナディルはベッドから起き上がった。

「まあ、そういうわけで、今夜は俺もここに泊まるぞ」

「……帰っていただくわけには」

「却下」

「ですよね」

期待を込めた一言を即座に否定され、部屋に備えてある椅子に座った。

「……一緒に寝ても何もしない？」

「しない」

「本当の本当に？」

「本当の本当だ」

肯定されて安心しているはずなのに、イラッとするのはなんでだろう。

「まあ、そうよね。私なんかに食指動かないわよね！」

ムッとした感情を隠しながら言うと、ナディルが深いため息を吐いた。

ため息吐きたいのはこっちだわ！

「ところで」

ベッドの上でくつろいだままのナディルが口を開く。

「今日は初の同衾だな」

「は!?」

ど、同衾!?

驚いて椅子から落ちてしまった。ナディルはあきれた顔をしながら立ち上がり、私を抱き起こした。ありがとうと礼を言う前に、横抱きにされる。

そしてそのままベッドに下ろされた。

人生初のお姫様抱っこに感動する前に、ベッドに下ろされ、そしてナディルもベッドに入ったことで私の脳内は混乱を極めた。

「え、え、え?」

言葉にならない言葉を口にする私に、ナディルは笑う。思ったよりも近い位置にある顔に不覚にもどきりと心臓が鳴った。

「もう風呂にも入ったし、あとは寝るだけだろう。おやすみ」

「あ、え……あ……おやすみ……?」

思わずおやすみと返すと、ナディルは私に毛布を掛けてくれた。暖かい。そしてナディルも潜り込む。眠る気なのだろう。

「……いやそうじゃなくて!」

「ちっ、正気に戻ったか」

流されそうになったがそうはいかない。同衾など断固拒否である!

「わ、私ソファーで寝るから!」

「女がそんなところで寝るものじゃない」

う、うう……女扱いされて嬉しいとか思うんじゃない私！

「じゃ、じゃあナディルがソファーで眠ってくれたらいいじゃない！」

「こんな大きなベッドがあるのになぜソファーにいかなければならないんだ」

ナディルは動く気配がない。

なぜって……なぜって！

「私とあんたがいい歳の男女だからよ！」

顔を赤くする私を見て、ナディルはにやにやとする。

「つまり、お前は俺を男として意識しているということか？」

「せ、生物学上は男でしょう！」

私は間違っていない。　間違っていないはずだ。

結婚していない男女が同じベッドに入るなど、言語道断である。

「ソ、ソファーで休むのがだめなら、私、今日は客間に……」

「婚約者を放って客間で眠るなんていったら、喧嘩したのかと心配されるぞ」

「うぅ……」

確かにそうだろう。　わざわざナディルに言われて同室にして、ベッドも大きなのを用意したのに、客間に寝たいと娘が言い出したら心配されるに決まっている。　両親の中ではナディルは借金を肩代わりしてくれたいい婚約者なのだ。

188

「……何も、しないでよね」

「何もって?」

ううううっ、からかわれてる!

ナディルの問いには答えず、背を向ける。背後でクスクス笑う声が聞こえた。

くそう、人をおちょくって!

「おやすみ!」

「おやすみ」

◇◇◇

「ひえ!」

気になって寝返りを打つフリをしてナディルのほうを向く。

——ナディルは寝ているんだろうか。

それもそのはずである。だって隣に男が眠っているのだ。これでどう眠れと言うのだ。

まったく眠れない。目が冴えわたっている。

背後にナディルの気配を感じながら、私はしっかり目を開けていた。

眠れるはずがない。

起きていたしバッチリ目が合ってしまった。

「どうした？」

ナディルが問いかけてきたが、まさかあなたが気になりすぎて眠れませんなどと言えるはずがない。

「い、いや、なんでも……」

「眠れないのか？」

言いながらナディルが近づいてきた。ただでさえ近かった距離がさらに近づいて、心臓がどくどくと脈打つ。

私の目の前にはナディルの端整な顔がある。

私の吐息さえ感じられてしまいそうな距離に、心臓が静まらない。

「寒いのか？」

動かない私にどう思ったのか、ナディルは私の背に腕を回し、体を密着させた。

ひゃあああああああああ！

悲鳴はなんとか飲み込んだが、全身が熱い。

「あ、あの……」

「ん？」

ベッドに入る前のからかう様子はもう見られず、じっとこちらを見て、私の言葉を待っている。

「な、なんでもないです……」

顔を赤くしながら、私はそれしか言えなかった。

「そうか」

そう言ってナディルは私の頭を少し持ち上げると、自分の腕を差し込んだ。

こ、これは腕枕という、やつでは……？

自分には一生行われないかもしれないと思っていた行為に、心臓の高鳴りが静まらない。

正直に言おう。とても憧れていた。夢見たシチュエーションとは違うが、あの憧れの腕枕である。しかもそれをしてくれているのは、見た目は自分好みの男である。

感想としては、想像よりごつごつしている。しかし、妙な安心感を感じ、思わず、ほう、と息を吐いた。

ナディルはそのまま私の頭を撫でる。

「眠れそうか？」

「ん……」

温かいナディルの体温を感じながら、私はうつらうつらとしてきた。

ふわりとナディルが微笑んだ雰囲気を感じ、思わず私もにへらと力なく笑ってしまった。

眠りに落ちる瞬間、額に柔らかい感触を感じた気がした。

耐えきれずに声を出すと、ナディルは渋々腕を緩め、私を見た。

「ナ、ナディル！」

く、口から心臓出そう……！

「あと少し……」

ナディルの問いに、頷く。ナディルはそんな私を見ながら片手でぎゅうっと抱きしめてきた。

「……もう起きるのか？」

顔色もわかるに決まっている。

きっと今私の顔は真っ赤だろう。夜はわからなかったかもしれないが、今は朝だ、はっきり

「あ、あの……」

チリと目を開けてしまった。

心配になりながら、ナディルを起こさないように退こうと思ったが、その前にナディルがパ

これ、腕しびれないんだろうか。大丈夫だろうか。

をどうしたらいいのかわからない。

あの状態から爆睡した自分が信じられないし、なによりいまだに腕枕してもらっている状況

爆睡してしまった。

192

「苦しかったか？」

「い、いや、そうじゃなくて……」

心配そうに顔を覗き込んでくるナディルに胸の鼓動はさらに速まる。　朝から目に毒な顔をしないで！

「し、死にそう……」

胸を押さえながらそう言う私にナディルは飛び起きた。　その際外れた腕枕を少し残念に思ってしまった。

「具合が悪いのか!?」

本気で心配している様子のナディルに、また胸がときめいた。

「ち、違くて……は、恥ずかしくて……」

自分でも信じられないぐらい顔は赤くなっているだろう。　その私の様子にナディルはほっと息を吐く。

そして笑った。にやりと。

「俺が近くにいると、恥ずかしくなるのか？」

こ、こいつ……！　夜は紳士的だったのに……！

「……そうよ！　だから離して！」

私の返事に満足した様子で、ナディルは私を離した。

……朝から、とても疲れた……。

ぐったりしている私と対照的に、ナディルはすっきりした様子で立ち上がる。そして、言った。

「着替え、頼むぞ」

今日だけは勘弁してほしい。

私のそんな願いは、あっけなく却下された。

「本当に何もないんだな」

「じゃあ帰ったらいいんじゃないの」

羞恥心を殺し、必死でナディルを着替えさせ、朝ご飯を食べた。

くたびれたので、部屋で過ごしていたのだが、部屋にいてもすることがないとナディルが騒ぎ出したので、家の周りを散歩することにした。

何もないというが、まったくないわけじゃない。ただ、うちの領地のメイン産業が農産業だから、自然が多いのだ。農産業でも十分収益が出ている。そんな状態でも切羽詰まったのは借金のせいだ。それがなければ小金持ちぐらいだった。

家の裏にある山の少し開けたところに着く。椅子もあるので、多少はのんびりできるだろう

と思い案内した。

「ここは？」

「私の小さいころの遊び場。義父母が作ってくれたの」

木に垂れたブランコ。砂場。小さな池。滑り台。義父母は私が飽きないようにとここを作ってくれた。懐かしい気持ちで、ブランコに腰をかける。

「おい、壊れるぞ」

「失礼ね、そこまで重くないわよ！」

と言うものの、確かにブランコは劣化していてもおかしくないので、漕ぐのはやめた。

「私、遊具ならブランコが一番好きだったのよね」

以前はてっぺん近くまで漕いで、ジャンプしたものだ。今はできない。大けがのリスクのほうが高い。

ナディルは遊具と私を見比べて言った。

「お前今滑り台するのはやめておけよ」

「なんで？」

「尻がつっかえる」

「失礼ね！」

確かに子供用だが、私のお尻はそこまで大きくない！

「ふん！　見てなさいよ！　華麗に滑ってみせるから！」

「あ、馬鹿！」

ナディルの制止を振り切って、滑り台へ駆け上る。子供のころはとても高く見えたのに、今

登ってみれば大したことない。

ナディルは滑り台の下であきれた顔をしている。

何よ！　滑れるわよ！

滑り台から滑るために腰を下ろす。多少窮屈（きゅうくつ）だが、大丈夫だ。問題ない。私がそのまま手

を離すと、するすると滑っていく。

ほら、大丈夫じゃない！

勝ち誇った顔をナディルに見せる。ナディルは未だにあきれた顔をしている。

するすると滑る滑り台。大人になってもなかなか楽しい。

童心に戻っていると、するすると滑っていたのが、ずるずるに変わっていった。

あ、あれ……？

嫌な予感に顔を青ざめさせても遅い。滑り台の真ん中で動きはぴったりと止まった。

「…………」

「…………」

ナディルと顔を見合わせた。

196

「言わんこっちゃない……」

「うっ……」

反論の余地もない。

もぞもぞ動くも、うまく嵌(はま)ってしまったようで、抜けない。

「ナ、ナディル……」

「なんだ？」

「抜けないの……？」

「……馬鹿なのか？」

そうよ！　馬鹿なのよ！

泣きそうになりながらナディルを見下ろす。こんな状況でなければナディルを見下ろすという貴重な環境を楽しんでいたはずなのに……。

「お願い、助けて……」

「本当にお前は……」

相変わらずあきれた顔をしながらもナディルが手を差し出してくれた。その手を握り、一気に引っ張り上げられる。

「わ、わ！」

そのまま勢いで下に落ちていく。下は砂場になっているが、それでも痛いものは痛い。

「うっ、痛……」

「どこか打ったか？」

ナディルのお腹の上に乗った私の声に反応して、ナディルが顔を上げた。

が、すぐに固まった。

「ナディル？」

「スカート……」

「え？」

スカート？

ハッとして自分の下半身を見る。見事にスカートがめくれあがっているし、膝を立てる形で座ってしまっている。

つまり、ナディルから丸見えなのである。

何がって……スカートの中身が。

「きゃー！」

慌ててスカートを直して足を閉じる。うう、嫁入り前なのにぃ！

「うぅ……お嫁にいけない……」

「……嫁にはいけるだろ」

「……？」

よくわからなくて首を傾げるとナディルが顔を背けた。

あれ、なんだろう、こんなこと前に

もあったような……。

『いけなかったらもらってやる』

「あ、あー！」

いきなり叫んだ私にナディルがビクリと体を震わせた。

「あ、あ、あ」

なんてこと！

「私、初恋の子にもパンツ見られてるー！」

うわーん！と私の泣き声が響いた。

◇◇◇

「………」

「パンツの一つや二つどうってことないと思うぞ」

「見せたくなくても見られることはあるだろう」

「…………」

ナディルの慰めなのかなんなのかわからない言葉を聞きながら鼻をすする。

「う、う、う……私の美しい初恋が終わったぁ……」

「そんな何年も前のことで泣くなよ」

「ううう……きっとあの子の記憶では私は痴女なんだぁ……」

「子供が子供パンツ見てそんなこと思うか」

「ひどいぃ……可愛いくまちゃんパンツ穿いてたもん……」

「子供パンツだろうが」

子供パンツでもパンツだもん……。

グシグシ泣く私をどうしたらいいのかわからないナディルは落ち着かない様子で部屋を歩きまわっている。

ふぅ、と息を吐いて、不意に歩くのをやめたナディルは、私が頭から被っている毛布をはぎ取った。

「きゃー！ 返してよ！」

「断る」

「横暴よー！」

なんとか取り返そうと毛布を引っ張るも、ナディルの力に敵わずナディルに近づくだけの結

果に終わった。

「うぅ……泣いた不細工な顔見ないでよう……」

「何度も見てる」

「そこは嘘でも可愛いって言うところでしょうが……」

ずびっと鼻をナディルの服にこすりつける。ふん、不快な思いをするがいい！

「ちょっと傷心しているだけよ……美しい思い出がとんでもない破廉恥な思い出だったのを思い出しただけだから……」

まだお気に入りのくまちゃんパンツを穿いていたのでよかったと思うべきなのだ。

でも涙は止まらない。乙女心は複雑なのだ。

「どんなパンツでもいいだろう」

「うぅ……見られたことが問題なのぉ」

お嫁にいけない……とメソメソする私の頭をナディルが撫でる。ナディルはいつの間にかベッドに腰かけていた。

「だから……」

ナディルはそこで言い淀んだ。何度か口を動かすと意を決したようにこちらを真っすぐ見てくる。うっ、やめてよ、あんた顔だけはいいんだから！

不覚にもときめいた心を隠すように心臓の付近に手を当ててナディルの言葉を待つ。ごくり、

初恋の君がこんな近くにいるだなんて聞いてない！

驚きで涙は引っ込んだ。

「え？」

目の色もこんなで恥ずかしさで少し潤んでて……。

「え？」

そういえば、髪の色も、こんなで……。

「え？」

そうだ、あれは、あの子もこんな表情で……。

だっけ？

ナディルは頬を赤らめ、でもこちらから視線をそらさない。それは誰かの姿と重なる。誰

むかし……昔……。

「……昔そう言った」

「……何？」

「いけなかったらもらってやる」

と唾を飲む声が聞こえた。

◇◇◇

202

「あ、あ……？　ちょ、ちょっと待って……？」

言われたことが衝撃すぎて混乱して頭が働かない。

待って。ナディルが思い出のあの子だとして……？

今まで、なに、言ったっけ……？

私、なに言った……？

あれ、私もしかして言っちゃった……？

ほ、本人に「あなたが私の初恋です」宣言しちゃった!?

「はわわわわ！」

「落ち着け落ち着け、ヒッヒッフー」

「それ出産時！」

私の背中を摩りながらナディルが呼吸法を教えてきたがそれが必要なのは別のときだ！

「い、いつから!?　いつから知ってたの!?」

「いつからって……」

ナディルはもにょもにょと口を動かし口ごもったが、渋々ポツリと漏らした。

「足を……見たときだ……」

足？

「それってどれ？　足なんてさっき以外で見せたっけ？」

「お前が自分から見せてきた」

「そんな破廉恥なことしてない！」

「実際既成事実作るってのしかかってきただろうが！」

「のしかかって……？　あ……？」

「レティシアが逃げたときの……？」

「そうだ」

随分前、王太子の婚約者のレティシアが逃げたのどかな村に、ナディルと一緒に行ったとき。

レティシアから「兄に婚約者はいない」と聞いて、とても都合がいいと思い、既成事実を作ろうとした。

確かにしたけれど、最後までしようとはもちろん思っていなかったし、なにより──。

「あれはあんたが上に乗っている私を突き飛ばしたから捲れたんであって、私からは見せてない！」

「その前の行動が十分痴女だろうが！」

「失礼な！　貞操は守るつもりだったわよ！」

「でも確かにあのころからたまにナディルが『昔は』と言い出したような気がする。

「で、でもそれにしては私のアプローチに対して冷たくなかった？」

「ねえ、なんで足で私がわかったわけ？　数年経っているからすっかり変わっているでしょ

正確には私が迎えに行かされた。

「言葉の綾だ」

「いや、呼び出されたんだけど」

た」

「借金もどうにかできることが判明して、他も問題ないことがわかったから、堂々と迎えに行っ

恐ろしいガチ貴族……。

え、上流階級の貴族ってちょっとした友達付き合いでもそんなの調べるの？

にわたって調べる必要があったんだ」

「お前の家の事情を調べ、借金している相手を調べ、その他交友関係に問題がないか、多方面

うに息を吐いた。

なんで私と仲良くするのに準備がいるのだろう。首を傾げた私を見てナディルはあきれたよ

「準備？」

「あれはまだ準備ができていないのにお前が迫ってくるからだ」

言われたし、家に行ったら追い出された。

「やあ、久しぶりだね！」と爽やかに言ってくれてもいいはずである。なのに現実は帰れ帰れ

昔会って遊んだことをそのときに思い出してくれたんだったら、私が会いに行ったときに

う?」

「変わっていない部分もある」

「え、私自分では結構変わったと思うんだけど」

「ああ、変わりすぎて初めはわからなかったと思うんだ。あんな男勝りで女に見えなかった子供がこんな

バカでかい胸持ってるとは想像しなかった」

「悪かったわね！」

私だってこうなるとは思っていなかったわよ！　理想を言えば儚い系の美少女になる予定

だったの！

「でも唯一変わらなかったのが……」

「変わらなかったのは？」

もしかして中身だとかちょっと嬉しいことを言われたりするのだろうかと期待しながらナ

ディルを見る。ナディルは視線をそらさずに言った。

「太ももの三つ並んだほくろだな」

「最低ー！」

「一目見ただけでわかっただとか、そういうの期待していたのに……」

ショックでベッドの上で蹲る私を、ナディルは撫でている。

「そんな非現実的なことあるか。そんな都合よくいくなら世の中全てハッピーエンドだ」

撫でる手は優しいのにかける言葉は優しくない。

「そうだけど、女の子は夢を見るものなの！」

「女は面倒くさいな」

「あんたがダメなところはそういうところよ」

そうか、と言いながらナディルはまだ私を撫でている。話すことはダメなところばっかりだけれどナディルのこういうところは評価してあげてもいいと思っている。

「ところで、夢見る女なお前に朗報だ」

「ろうほう……？」

「俺は王子に近い存在になったぞ」

胸を張りながら言うナディルに、私は、はあ、と気の抜けた返事をした。しかしそれが気に入らなかったらしい。ナディルはもう一度言った。

「俺は王子に近い存在になったぞ」

「そ、そうね？」

「残念ながら、我が国の王族は世襲制だ。王家を乗っ取ってやるという手もないわけではな

かったが、失敗のリスクがでかいし、民に不満がない今、反感を買うだけになる恐れがある」

なんか物騒なことを言い始めた。

今は民から王族への不満はあまりない。その状況で乗っ取ったら、確かに国民からは不評だろう。

というか、国民の不満が高まっていたら乗っ取ってたの？　国王になる気だったの？

恐ろしい男だと震えあがる私を、ナディルは変わらず撫でている。

「なので、手っ取り早く、王家に連なる存在になることにした。レティシアに子供ができればそれは次期国王で、俺は王の伯父になる」

「そ、そうね？」

王家の次に権威があると言っても過言ではないだろう。

しかし、なぜナディルはそんなに王子にこだわる？

不思議に思って考え始めて、ある事実にたどり着いた。いや、でもそんなことないと思うけど……。

「私が、王子様と結婚するって言ったから？」

「…………」

「む、無言は肯定と取るわよ！」

「…………好きにすればいい」

208

それは肯定の意だ。

う、嘘でしょう……。

十二年前にたった一度会った少女から言われたことを覚えていて、それのために権力に執着したっていうの？

それって、つまり。

「わ、私のこと好きだったの？」

「…………」

「む、無言は肯定と取るわよ！」

「………好きだったんじゃない」

ナディルは先ほどとは違い、今度は否定した。

違うのか、とがっかりして、なぜか涙が出そうになった。いや、なぜかなんて本当は分かっている。

ナディルは好きだったなんて、私は未だに変わらず物語のハッピーエンドを夢見ている。

じわり、と滲んだ涙をナディルが拭う。

「今も、好きだ」

はっきりと言いきって、ナディルはこちらを窺っている。いつも大人びたナディルが不安そうにしている。

好きって言われた？　本当に？

自分に都合のいい夢を見ているのかと思ったけれど、目尻を撫でる手のぬくもりは、これが

現実だと物語っている。

「わ」

声が上ずった。

「私なんて、借金持ちで……」

「もう返した」

「い、家も大したことないし……」

「我が公爵家は恋愛結婚主義だと言ったはずだ」

「わ、私、可愛くないし……」

「俺には可愛い」

なんだこの男。今までそんなこと言わなかったじゃないか。

「わ、私、可愛い？」

「可愛い」

うっかり言った言葉に、優しい声が返ってきた。

ああ、もう本当に。

私の馬鹿。

「わ、私も好き」

こんなの絆されるに決まっている。

私の答えに、ナディルは嬉しそうに微笑んだ。

◇◇◇

「なんで、どうして、兄の何がいいの？」

友人であり婚約者の妹は控室に来ると真っ先にそう言った。

「結婚式当日にそれ言う……？」

「いやだって私には兄の良さは欠片ほどもわからないんだけど」

大体やり方が気にくわない、とレティシアはギリギリとハンカチを噛んでいた。

「ブリっ子、兄のところで住み込みでメイドしてたじゃない？　それ絶対ぜーったい自分を男として意識させるために違いないわよ！　どうせあれでしょ？　着替え手伝わされたり入浴手伝わされたりしたんでしょう？」

「入浴まではしてない！」

「着替えの手伝いかー」

しまった。誘導された。

「あの兄が、自分の利益になること大好きなあの兄が、婚約者作らない時点でおかしいとは思ってたのよね。人には政略結婚させるくせに。人には政略結婚させるくせに」

根に持っている。二回も言うほど根に持っている。こういうときに現れる人間など限られている。本日のもう一人の主役、新郎である。

「結果的には恋愛結婚だからいいだろうが」

「式前に花嫁を見ると逃げられるらしいわよ」

「勝手に変な迷信作るな」

ナディルはいつもと違い、白のタキシード姿だ。髪も撫でつけ、普段より気合の入った格好だ。それもそうだ。今日の主役なんだから。

「一応あれは、お前が王太子のこと好きになったから進めたんだぞ」

「でもその後がひどかった！」

「お前が父上に甘やかされてなにもできなかったからだろうが！　お前、あのままじゃかなり早い段階で婚約破棄されていたぞ」

「なにもできなくない！　木に登れた！」

「木登りする王太子妃がどこにいる！」

「現在進行形でここにいる！」

212

なんだかんだ仲良いわよね。

「メイドさせていたのも、そういうのだけが目的じゃない。うちの状況を内部から見て知ってもらって、あまり苦労しないで女主人となれるようにするためだ」

「なんで妹にはその優しさ出さないの？　あとそういうのだけじゃって言っている時点で意識させようとしたことバレバレだからね」

「惚れた女と妹なら態度が違って当たり前だろう」

「あーあーあー！　兄の惚気（のろけ）ほど聞きたくないことはない！　じゃあねブリっ子！　またあとで！」

レティシアは言いたいことだけ言うと去って行った。嵐みたいな女だ。あれでも表に出るとしっかりと上品な王太子妃に変わるのだから驚きだ。

そういうところ、やっぱり兄妹よねえ、と思いながら、座っていた椅子から立ち上がる。

「ねえ、私に惚れてるの？」

「前からずっとな」

さらりとそういうことを言うのだから私はたまったものではない。真っ赤になった私を楽しそうに見ながら、ナディルは笑う。

「私、役に立つ公爵夫人になれるかしら」

「役に立たなくてもいい」

でも、とナディルは続ける。

「お前の次期男爵家当主として身につけた知識を活かして隣で一緒に歩いてくれるとありがたいな」

「まかせてよ!」

どうせなら、支え合える関係のほうがいい。

コンコン、と扉を叩かれる。時間だ。

「では、お手をどうぞ、花嫁さん」

「ええ、行きましょう、花婿さん」

差し出された手を取って、一緒に一歩き出す。

借金持ちになったり、色々あったけれど、でもきっとどれも無駄じゃない。それも全部含めて幸せな人生だったと言ってみせる。

あなたの隣でね。

義妹襲来

「やっほー来ちゃった！」

「帰っていいわよ」

思わず閉めようとした扉に足を挟まれ、閉めることはできなかった。

「来ちゃったじゃないわよ、そんなお気軽な身分でもないでしょう、王太子妃様」

「実家に帰ってきただけよ！」

そう言われては強く出られない。

私は渋々扉を開けた。

「えへへありがとう。いやあ抜け出すの大変で疲れた」

「やっぱりまた抜け出してきたわけ？」

我が物顔でソファーに座るこの女は、少し前まで確かにこのソファーを使っていた人間だ。

王太子妃レティシア。我が夫の妹である。

少々破天荒な性格をしており、たまに王城を抜け出したりするが、仕事をしっかりこなし、外面は最高にいい女性である。

しかし、気心の知れた人間には本性丸出しである。

「また木を登って壁を越えたんじゃないでしょうね」

「今日は違うわよ。壁に投げ縄してそれをよじ登ったの」

どこにそんなことをする王太子妃がいるのだ。ってここにいたわ！

日に日に脱走技術を向上させる王太子妃を追いかける兵士たちの苦労が忍ばれる……。

「レティシア、せめて連絡をしろ」

ナディルはレティシアの襲来にも慣れきった様子でレティシアの対面に位置するソファーに腰かけた。私も隣に座る。

「連絡……一回のろしっていうのをやってみたいんだけど、それでいい?」

「いいわけあるか!」

そんなのされても通じるはずがない。

「だめかあー。……暗号やってみてもいい?」

「普通に連絡しろ。ベンがパニックになる」

一度レティシアから何も書かれていない手紙が来て、ベンが大パニックになったのを思い出した。結局火で炙れば字が出てくる仕組みだった。

あれはやめてほしい。

私もナディルの言葉に頷いた。レティシアはつまらなそうに口を尖らせた。

「で、今日はどうしたのよ」

どうせどうしようもないことに決まっているが、一応訊く。レティシアは、決まりが悪そうに、両手を揉み合わせた。

「えーと、ちょっと、不機嫌にさせちゃったって言うか……」

「どうせお前が悪いすぐに謝ってこい」

早口で言うナディルに私も高速で頷く。

「ひ、ひどいこの夫婦……勝手に決めつけて……」

「事実でしょう?」

私が言うと、レティシアはうなだれた。

「えーっと、侍女のね、マリアと、衣装取り換えっこごっこして遊んでたんだけど……」

何をしているんだ。

この時点でツッコミたくなったが、我慢して大人しく聞く。

「調子に乗って、マリアになりきって侍女の仕事手伝ったのがいけなかったみたいで……」

本当に、何をしているんだ。

「兵士の人たちに気軽に接しちゃったことに怒ってるからクラーク様から匿（かくま）ってほしいかな」

えへへ、とレティシアが何かを誤魔化すように笑う。

「匿ってほしいと言われても……」

私とナディルは、レティシアの向こうへ視線を向ける。それに気付いたレティシアは見る見るうちに青ざめた。

「レティ」

耳に通るいい声を聞いた瞬間、レティシアが飛び跳ねた。動きの悪いブリキ人形のような動

220

作で後ろを振り向く。

「俺は、兵士の手を気軽に握っていいなどと言ってはいない」

低い声で告げた王太子、クラーク殿下にレティシアはプルプルしながら弁解した。

「ちょ、ちょっと剣を見せてほしくて……あれはたまたま手が当たっちゃっただけで……」

クラーク殿下は怯えるレティシアを担ぎ上げた。

「ひええ」

「世話になったね」

真っ青な顔のレティシアは可哀想だが、自分で蒔いた種だ。力にはなれない。

去って行く二人を見ながら、私とナディルは頷き合った。

「毎回嵐みたいね」

「ああ、いいかげん避難所にするのはやめてほしいな」

ふう、と二人でテーブルに置いてある紅茶を口に含んだ。ああ、残念、冷めてしまっている。

「ところでちょうどいいから言っておくが」

ナディルがこちらを見つめる。

「俺もお前が男に触れられるのは気に入らない。いいか、たとえベンでもだ」

……そういえば、ベンとの握手でも怒られたのだった。

ナディルは、クラーク殿下のように、あそこまであからさまに態度には出さない。たとえ、

私がうっかり誰かと手が触れてもあそこまで追いかけまわさないだろう。

でも、不快に思って、その手を思わず払ってしまうことはある。

——あれは独占欲だったのね。

あの当時はわからなかったけれど、随分前から気に掛けられていたと思うとむしろ、嬉しい。

「わかった」

笑顔で返事をすると、ナディルは満足そうに微笑んだ。

でもちょっとあの可愛いヤキモチは焼いてほしい気がする。

ナディルの初恋

「父上！」

書類を片手に父の執務室に入ると、父は本を片手にのほほんとしていた。

「なんだい？　慌ただしいねナディル。どうしたんだ？」

「これです！」

手に持っていた書類を父の机に叩きつける。それを手に取り読んだ父は首を傾げた。

「どこかおかしい？」

「おかしいとかのレベルではない！　なぜ気付かない！」

父の手に持った書類を取り上げた。

「この、金額！　ありえないでしょう！　桁が違う！　なぜ気付かないのです!?」

「え、えー？　そうかな？」

うーんと父は再び書類を見る。

「私は難しいこと苦手だから、全部部下に任せてるんだよね」

「だからいけないんです！」

書類を再び父の手から奪い取っておかしい数字を指さす。

「いいですか？　これの予算はこんなに必要ありません。絶対余ります。そのお金はどこに消えたと思います？」

「うーん、どっかに余って置いている？」

「この書類を作った部下がくすねているんです!」

え!?と驚愕の顔をしている父の顔を殴りつけてやりたい。

「父上が確認しないですぐサインするからこういう不正が出てくるんです! 彼は憲兵に引き渡しました。いいですか? 父上、もっとしっかりしてください!」

父に詰め寄ると父が引き攣った顔をする。

「そんな……引き渡すなんて可哀想じゃないか」

「あなたが気にするべきはそこではない!」

手で段るのは我慢して書類を顔面に押し付けてやる。

「不正したら罰せられるのは当たり前です! 横領罪ですからね! 犯罪者を可哀想なんて思っているんじゃない!」

「で、でもぉ……」

父が困ったように眉尻を下げる。

「彼、小さいお子さんいたし、甘くみてもいいんじゃ……」

俺の表情に気付いて言葉を止めたがもう遅い。

今日一番の声で怒鳴りつけた。

◇◇◇

225

くそ！　くそ！　くそ！

俺は怒りながら屋敷を飛び出した。

「なぜ俺の親はあんなに馬鹿なんだ!?」

おかげでしなくてもいい苦労をする。まだ十歳だというのに、我が家は俺の肩にかかっている。

父は一人息子でとても可愛がられて育った。ただニコリとしたら褒め、そこにいるだけでみんなが喜ぶ。おかげで人が好いだけのボンクラに成長した。

母も、嫁いで子供を産み、常に夫に付き従うようにと教えられて育った元深窓のご令嬢だ。仕事は何もできない。

祖父がいたころはよかった。祖父は子育てには失敗したが、仕事はできる人だったから。

「祖父から俺が色々教わってなかったらとっくにうちは終わっているというのに！」

なのに！

「言うにことかいて、俺が怖いだと!?」

怖いと言いながら息子に泣く父親がどこにいる！　うちにいるよ！

「やってられるか！」

むしゃくしゃしたまま馬車に飛び乗り、特に目的地も決めず、御者に適当に走るように命じる。

見慣れない景色を眺める。

外は俺の荒（すさ）んだ心とは裏腹に、とてもいい天気だ。

ふと、子供の楽しげな声が聞こえた。チラリと見ると、寂れた孤児院が見える。

「止めろ」

「え？」

「馬車をここで止めろと言った」

「は、はい！」

御者は大慌てで馬を止める。俺は馬車から降りた。

「俺が戻るまでここで待っていろ」

「は、はい」

俺は孤児院に歩いて行った。

さすが寂れた孤児院。柵もボロボロで簡単に裏から入れた。

中に入ってから俺は何をしているのかと冷静になるが、何もしないまま馬車に戻るのも気が引ける。

子供たちの声がしないほうへと進むと、中庭らしき場所に出た。そこに座り込んでため息を吐く。

「何をしているんだ俺は……」

うっかり楽しそうな子供の声にひかれて来てしまった。

正面から堂々と入るわけにもいかず、こうして潜り込んでいる。

本当に何をしているんだ俺。

はあ、ともう一つため息を吐く。

「ねえ」

突然の声に驚いてビクリと体を震わせる。おそるおそる声のしたほうを振り返ると、自分より少し年下くらいの子供がいた。髪は短く、一瞬少年かと思ったが、スカートを穿いていたので少女だとわかった。

「あなた誰？　どこから来たの？」

「……お前に関係ないだろ」

「私ここに住んでるから関係あるわ」

「…………」

少女の言葉に答えず、地面を睨みつけた。放っておいてほしい。

「あなた、暗いのね」

「……は？」

少女の言葉を不快に思い、再び顔を上げる。

「何か悩み事があるんでしょう」

「どうしてそう思う？」

228

「そんな綺麗な服を着た坊ちゃんが、こんな寂れた孤児院に入り込むんだから、そうとしか考えられないと思って。ただ迷っただけなら誰かに声かけてすぐ帰るだろうし」

何もかも見透かされていて黙り込んだ。肯定もしたくない。無言を貫いていると、子供が増えた。最悪だ。

「……」

「アナ、誰そいつ」

「んー、友達？」

「はあ!?」

会ったばっかりで友達など冗談じゃない！

声を荒らげる俺に覆いかぶさるように近寄ってきた少女は、小声で話してくる。

「友達ってことにでもしておかないと、すぐにここから放り出されちゃうわよ？」

「……」

それは困る。少女は黙り込む俺の手を握ると強引に立たせた。

「お、おい！」

「なーにをうじうじしてるかわからないけど、じーっとしてるからいけないのよ！　体動かしたらそんなこと考えてる時間もないわ！　ということであなた鬼ね！」

「は!?」

230

「逃げろー!」

少女は、十数えてねー、と言いながら走り去っていく。

「おい!」

抗議の声を上げるも誰も聞いてくれない。遠くから再び聞こえた、十数えてー、という声に渋々数を数え始める。

これは知っている。鬼ごっこというやつだ。誰かに触れればいいはずだ。

追いかけた子供に近づいて、指先でツン、と触ると不思議そうな顔をされた。近くにいた少女が大声で笑う。

「鬼ごっこしたことないの? こうしてタッチするの!」

そう言うと、パン、と俺の背中を叩いた。

「そ、そんなに思いっきり触るのか……」

「そうよ。ほら、タッチ!」

俺たちのやり取りをきょとんとしながら見ていた子供に、少女に言われたように、タッチする。

「で、逃げる!」

「あ、ああ」

言われて走り出す。クスクス少女が笑う。俺も楽しくなってきて笑った。ああ、久々に笑った気がする。

いくつか遊びをして、少女が滑り台を教えてくれることになった。

「いい？　ちゃんと見ててよー！」

「わかった」

少女が滑り台の上から声を上げる。俺の言葉を聞いて大きく頷いた。

「じゃあ、いっきまーす！」

元気よく声を出して少女は滑り台を滑る。こんなスイスイ滑るものなのかと感心していると、

少女が近づいてきた。

あれ、これ……。

「きゃー！　どいてどいて！」

案の定、滑り台の下にいた俺に少女がぶつかる。その勢いのまま倒れ込んだ。下は砂場だが

痛い。あと上に乗った少女が重い。

「おい、どいて……」

くれ、と続く言葉はどこかに消えた。

少女の、スカートが。捲れて。

捲れて。見えて。

クマが見える。

「うう、痛い……」

少女の声で我に返った。

「だ、大丈夫か？」

「うん、ごめん……」

謝りながら、少女はようやく自分の体勢に気付いたようだ。みるみる真っ赤になる顔は面白かった。

「ば、ばかぁ！」

バチン、と手痛いのをもらった。

でもその後はいただけない。

少女が泣きそうな顔をする。

「いや、大丈夫だ」

ちょっと痛いだけで。

「今日、久々にスカート穿かなきゃよかった」

真っ赤に腫れた頬を、濡れたハンカチで冷やす。

「ごめんねごめんね！　つい！」

普段穿かないからスカートなことをすっかり忘れていたと少女は言う。ということは普段は
ズボン派なんだなと覚えておいた。

「パンツは結婚相手にしか見せちゃダメってママが言ってたのに……」

じんわり、と少女の目に涙が浮かぶ。

「もうお嫁にいけない……」

「不可抗力なんだから仕方ないだろ」

「……うん」

そう言うも、少女の目にはいまだに涙が見える。

「もし……」

「うん?」

俺は少女を見つめながら言う。

「もし嫁にいけなかったら、もらってやる」

真剣な顔で言う俺に、少女はきょとんとしていたが、目尻にあった涙を拭いながら、ふふふ

と笑った。

「ありがとう!」

その笑顔にドキリとして、顔をそらす。

「あー、楽しかった!」

元気な声で少女が言う。　もう夕方だ。　俺が帰る時間だとわかったのだろう。

妙に緊張して俯いた。

「あ、あの……」

「なに？」

「……今日はありがとう。　すっきりした」

小さな声ながらも、礼を述べると、少女は屈託のない笑みを浮かべた。

「どういたしまして！」

その顔があまりにも可愛らしくて、顔が赤らんでいくのがわかった。

「その……」

「ん？」

「お前、好きな奴とか、いるのか……？」

「好きな奴……？」

少女は逡巡するも、何か思い浮かんだようでぱっと顔を上げた。

「王子様！」

「おうじさま……？」

「物語の王子様はかっこいいの！　お金持ちで大きなお城に住んで、顔も綺麗で！　やっぱ結婚するなら王子様よね！」

俺は良くなった機嫌が急激に悪化するのがわかった。

「王子様と結婚できるわけないだろう」

俺の言葉に少女はムッとして頬を膨らませた。

「できるもん！　迎えに来てくれるもん！」

「ありえないな。　王子様が庶民を相手にするか」

「物語では下町育ちの子が結婚するもん！」

「ありえない！」

「ある！」

「ありえない！」

「ある！」

しばらく言い合いをし、お互い息切れしながら睨み合う。

睨み合いから先に視線をそらしたのは俺だった。

「……俺が迎えに来てやる」

「え？」

勇気を出した声に少女は首を傾げた。

「王子様じゃないけど、それに近くなってやるからな

待ってろ。

236

それだけ言うと、赤い顔のまま、御者が待つ馬車まで走っていった。真っ赤な顔の俺に御者は驚いた顔をしていたが、何も訊かず、馬車を出してくれた。

絶対、嫁にしてやる。

できた目標を胸に、家路についた。

家に帰ると、俺の機嫌を直そうとした父の手によって作成された不備書類の山が用意されていた。

それに頭を悩ませている間に、少女がどこかへ引き取られたと知るのは、また少し後のことである。

ご両親へのご挨拶

「けけけけけ結婚!?」

ナディルと両想いになったあと、すぐさまナディルが「父母に紹介する」と段取りを組んだ。

結婚すると報告すると、ナディルの父である現ドルマン公爵家当主、カーティスさんが、驚愕の声を上げた。

ちなみにナディルのご両親は王都にある本邸には住まず、そこから馬車で二日ほどの距離にある屋敷に住んでいる。ナディルは「隠居してもらっている」と言った。

「あらあらあら」

ワタワタする父親に対して、母親であるシェリーさんは落ち着いた様子だ。

カーティスさんは私の目を真っすぐ見て言った。

「君は正気かい!?」

「どういう意味ですか父上」

「ひえ」

息子に凄まれて縮こまる姿には威厳も何もない。

「いや、待って、大事なことなんだ！ ……何か弱みを握られたり脅されたりしてない?」

「父上……?」

「い、いやだってぇ」

目を潤ませながら自分の妻の後ろに隠れたカーティスさんは、小動物のようだ。

私は、ナディルをなだめるようにその背をトントンと軽く叩いて下がらせた。

咳払いを一つしてから、私はしっかりと二人の顔を見て言った。

「あの、脅されても弱みを握られてもいません。きちんとご子息様をお慕いしております」

そう言うと、シェリーさんは納得したように頷き、カーティスさんは未だに信じられないものを見るような目でこちらを見てくる。

「……本当に？　我慢しなくていいんだよ」

「父上しつこい」

「うっ……」

ナディルに睨まれ、再び妻の後ろに隠れたカーティスさんはもはや半べそだ。

「うちの人がごめんなさいね、ブリアナさん」

「い、いえ」

自分の後ろに隠れる夫など慣れたものなのか、シェリーさんが私に向けて謝罪する。

「この人、ナディルにいつも叱られているものだから、怯えてしまって。でも元を正せばこの人が悪いのよ」

「シ、シェリー……」

恨みがましい目でシェリーさんを見つめるカーティスさんに、シェリーさんは小首を傾げた。

「あら？　私何か間違ったこと言ったかしら？」

「……いえ……いません……」

カーティスさんは、息子だけでなく、妻からも責められ、すっかりしぼんでしまった。

頼りないように見えるけれど、この人が当主で大丈夫なんだろうか。

「この人、こんなだから……ナディルは小さいころから、公爵家を一人で切り盛りしてたのよ」

ふう、と息を吐くシェリーさんはとても子供が二人いるようには見えないほど、若々しい。

「あらいけない。立たせたままで話してしまってごめんなさいね。さ、座ってくださいな」

「ありがとうございます」

どうぞ、と座って紅茶を飲むように促されて、席に着く。シェリーさんも座り、ナディルに怯えながら、カーティスさんも席に着いた。ナディルも私の隣に座る。緊張していたのだろう、喉を潤す水分にほっとする。

そんな私を微笑ましげに見ながら、シェリーさんは話を続けた。

「私も何かできたらよかったんだけど、残念ながら、知識も才能もなくて……社交だけはできたから、それだけは頑張ったのだけど……やはり悪いことをしたと思っているのよ」

昔のことを思い出しているのだろう。シェリーさんの目は少し潤んでいる。カーティスさんはバツの悪い顔をした。

「うん……それは私も悪いなと思っているんだよ。遅くにできた子供だからと甘やかされて、いざ自分の代になったらまったくの役立たずで……ナディル

242

には苦労ばかりかけて……」

「ええ、苦労ばかりでした」

「う、うぅ……」

ナディルにバッサリと切り捨てられたカーティスさんは、俯いてしまった。

「ナディルは他人に対しても、損得で見るようになってしまって、心配していたのだけど
……」

シェリーさんはほっそりした美しい指で、自らの涙を拭った。

「まさかお嫁さんを捕まえてくるだなんて!」

ぱあ、と華やいだ顔で微笑まれ、少し後退りしてしまった。

シェリーさんは嬉しくてたまらないという表情を隠さず、ずいずいと私に寄る。

「安心してね。私たちが本邸に住むことはないから、姑と舅のことは遠くにいる人だと思って
も大丈夫よ。あ、でもたまに会いに来てくれると嬉しいのだけど……」

「しょっちゅうは来られないと思いますが、たまに遊びに来ますね」

「まあ嬉しい!」

キラキラした瞳で見られ、思わず微笑んだ。

「そうだ、結婚するのよね。式の衣装はどうするの? なんなら私も一緒に、仕立て屋と——」

「俺が一から十まで準備するから大丈夫です」

シェリーさんの言葉をナディルは遮る。シェリーさんはぽかんとしていたが、クスクスと笑い出した。

「あらあら、独占欲でいっぱいだこと。人に執着する子ではなかったから、いざ愛する人ができると、すごいのねぇ」

「母上」

「あら、ごめんなさい」

ちっとも申し訳なさそうに見えないシェリーさん。ナディルは少し頬を赤らめていた。もしかして図星なのかしら。

そういえば前から私の服ってナディルが全部選んでいるのよね。え……そ、そんな前から独占欲出してたのかしら。

恥ずかしくなって俯くと、シェリーさんの柔らかい笑い声が聞こえた。

「ふふ、嬉しいわねぇ」

シェリーさんは私の手をそっと握った。

「ブリアナさん」

「は、はい」

「ナディルはちょっと色々わかりづらい子だけれど、本当は優しい子なのよ。だから、どうか、仲良くしてあげてね」

244

その言葉に、私は笑みつつ返した。

「ええ、もちろん。その不器用さも愛しています」

安心したようにシェリーさんも笑みを深めた。

「結婚式も、ナディルが全て手配すると思うけれど、何か自分でもしたいことがあったら、遠慮せずに言うのよ。もちろん、結婚式について以外もね。夫婦になるのだものね」

「はい」

「もし喧嘩をしたらいつでも頼ってきてね。といっても、姑に相談はしにくいかもしれないけれど……同じく嫁いできた者として、私はあなたの味方だからね」

「はい」

頷いていると、シェリーさんは、はっとしたように口を閉ざした。

「年を取ると話が長くなってしまっていけないわね……。口うるさい姑でごめんなさいね」

「いいえ」

ナディルへの愛ゆえだろうことも、私を心配していることもよくわかっている。その気持ちはとても嬉しい。

これが結婚して、相手の家族とも結びつくということなのだろう。

「そうだわ、ぜひ私のことはお母様と呼んでちょうだい！」

「え？」

「あら、まだ抵抗があるかしら?」

少女のような瞳で言われ、私は首を振った。

「お、お母様……?」

照れながら言うと、シェリーさんは感激したように口を覆った。

「まあなんて可愛いの! も、もう一度呼んでみてくれないかしら?」

「お母様」

「まあまあ、こんな可愛い義理の娘ができるだなんて!」

シェリーさんは感動した様子で頬に手を当てる。

「ナディルは親に甘える子じゃなかったから、すぐに『父上』『母上』と呼ぶようになってしまって……レティシアのいる前でだけ、レティシアに覚えさせるために、『父様』『母様』と呼んでいたけれど……思えば、レティシアの教育に関しても、ナディルに任せてしまっていたのよね……情けないわね……」

また何かを思い出してしまったらしい。お母様はしょぼんとして俯いてしまった。

「あの……でもナディル、レティシアと仲悪くはないみたいだし、たぶん本気で嫌がってはいなかったんじゃないかと思います」

「そう、かしら」

顔を上げ、シェリーさんは少し不安そうにしている。

246

「そうだといいわね」

「きっと、そうですよ」

私の返事に嬉しそうに微笑みながら、紅茶を口に運んだ。

「あの子と、どうか幸せになってくださいね。あなたも随分と苦労なさったのでしょう?」

「ご存知なのですか?」

知られていると思っていなかった私の驚いた顔を見て、シェリーさんはイタズラが成功した子供のように笑った。

「ふふふ、言ったでしょう? 社交は得意なの」

恐るべき社交界の情報網……。

私は本当にそんな社会で生き抜けるだろうかと少しの不安を抱いた。

「大丈夫、社交はそんな怖くないわ。慣れたらへっちゃらよ」

「そうですか?」

「そうよ。それに、きっとあなたの隣からナディルが離れないでしょうから、何も心配いらないわ」

「……そうですね」

ナディルはきっと守ってくれる。

でも、できればナディルを守れるようになりたいな。

これから色々学んで、ナディルの力になれるようにしよう。

心を決めると、シェリーさんにも気持ちが通じたのか、笑みを浮かべられた。

そのシェリーさんの視線がふいに横にそれた。

「ナディルと喧嘩している誰かさんの相手もたまにしてもらえると嬉しいのだけど」

言われて横を見ると、ナディルに頭を撫でられているカーティスさんが目に入った。

「しつこいんですよ父上は」

「でも、だって、本当にいやだったら可哀想じゃないかぁ」

「実の父親にそういうことをする男だと思われている俺は可哀想じゃないんですか」

「いや、でもさぁ……実際ブリアナさんと両想いにならなかったらどうしてた？　囲い込んだんじゃないの？」

「………」

「ほらぁ！　ほらぁ！　父さん間違ってないだろう!?　っていだだだだだ、力入れないで！」

楽しそうにじゃれ合っているように見える。シェリーさんが私に視線を戻して言った。

「仲はすごくいいわけじゃないけれど、悪くもないのよ。ただちょっとあの人が無神経で仕事できないだけで」

「妻が私のこと詰ってくる！」

「事実だからですよ、父上」

248

容赦ないナディルの言葉に、シェリーさんと顔を見合わせて笑う。

これからも、こんな風に、穏やかに日々を送りたい。

ナディルと一緒ならきっとそれが叶うだろう。

嬉しくなって、私はもう一度笑った。

こうしてベンは執事になった

「もういない……？」

思わず漏れた力ない声に、施設長である女性は申し訳なさそうな顔をする。

「ええ、少し前に引き取られてしまったの」

ごめんなさいね、と言われたが、どうしようもない脱力感が襲う。

――アナを引き取る予定で、やっと仕事を片付けて孤児院を訪問したのに。

その肝心のアナは、すでに引き取られてしまったと言う。

ショックで一瞬思考が停止してしまったが、すぐに頭を振って施設長に向き直る。

「どこに引き取られたかは……」

「それが、私は、この孤児院の経営者の方に言われて準備をするだけで……詳しいことは……」

「経営者は」

「数年前にこの地域を治めていた領主様が亡くなられて、親戚筋の方が引き継いだのですが……」

「その……あまりこちらに興味がないようで……以前も引き取られた子供について訊いたので

すが……」

施設長は困ったように眉を下げた。

新しい経営者はほぼ孤児院に関わってこないようで、子供の引受先についても「心配ない」

としか言われず、こちらから十回ほど問い合わせてようやく返事がくるような有様らしい。

しかし、他に手立てはない。その経営者に問い合わせよう。

「わかった。邪魔をしたな」

「いえ、お力になれず、申し訳ございません」

子供相手でも態度を変えず、しっかりした姿勢を取る施設長は好感が持てる。

きっと、子供たちにも真摯に接しているのだろう。だからこそアナは孤児でありながらあん

なに真っすぐな性格に育ったのだろう。

「ママー！　遊ぼー！」

施設長の足に飛びついてそう言ってきた子供は、鼻水が垂れていた。

「またあなたは鼻を出して……出てきたらすぐ鼻をかみなさいと言ったでしょう？」

言いながら、施設長がポケットから出した鼻紙で鼻を拭いてあげている。

子供はされるがままになりながらも、言い訳をした。

「だって延々と出てくるんだもん！　鼻が痛くなっちゃうよう！」

そしてその子供には見覚えがあった。

「ベン、だったか……？」

この間、アナと一緒に遊んだ子供の一人だ。鼻が垂れていたからよく覚えている。アナが

「鼻タレ小僧のベン」と呼んでいた。そのままだなと思っていた。

ベンは俺の声に反応して、施設長にしがみ付いていた体を離し、こちらを向いた。

「あ、この間のお兄ちゃん!」

覚えていたようだ。ベンは嬉しそうに笑いながら今度は俺の腕を取った。

「今日も遊びに来たの? 遊ぼう!」

ぐいぐい手を引かれ、慌てた施設長が間に入る。

「こらベン、いきなり人の腕を引っ張ったりしたらいけませんよ」

「うぅ……ごめんなさぁい」

しょんぼりするベンには申し訳ないが、今日は遊びに来たのではない。それにすぐさまアナの行方を探さなければならない。

「悪いが、今日はアナの……」

「アナ姉?」

ベンは小首を傾げながら言った。

「アナ姉はね、チョコレートが好きなんだよ!」

「……何?」

突然出てきたアナの情報に目を見開く。するとベンは興味を持たれたと思ったのだろう、興奮した様子でさらに続けた。

「あとはね、お金の計算するのが好きでね! あとね、かけっこが一番速いんだ! 動きやす

254

いからズボンをよく穿いてたけど、本当は可愛いものが好きなんだよ！」

アナの情報を捲し立てた子供は、腰に手を当ててご満悦である。

「ご、ごめんなさい……この子、アナと仲が良かったから、きっと寂しいのね」

おそらくフォローのつもりなのだろう。施設長がベンの頭を撫でながら、説明する。

俺はまた鼻水を出し始めた子供を見て、決心した。

「その子をもらおう」

◇◇◇

「──という経緯でベンを引き取ったんだが」

ナディルはチラリとベンを見ると、ベンは冷や汗をかいた。

「こいつ、それ以上の情報を持っていなかったんだ」

ジロリと睨まれて、ベンがすくみ上がった。

「い、いや、他にも教えたじゃないですかぁ……靴のサイズとか……」

「あの年頃の子供の靴のサイズを知ってどうする？　すぐ成長するだろうが」

ごもっともである。

ベンはさらに縮こまった。

「仕事も覚えられないし、とんだものを拾ったと後悔したものだ」

「ひ、ひどいですよー！」

ベンがわめくが、もし私の情報を得たくて引き取ったのなら本当に役立たずであっただろう。

「でも、そのまま面倒見てたのね？」

思わずにやりとした顔でナディルを見ると、不快そうに眉を顰められた。

「……一度引き取ってしまったからな」

ナディルの言葉に感動したベンは、ナディルに抱きついた。

「坊ちゃん！　一生俺の面倒みてくださいねぇぇぇ！」

「ええい！　うっとうしいし、自分の面倒ぐらいいいかげん自分で見ろ！」

「無理ですよ！　俺自分が体調悪いのにも気付けませんもん！」

「この馬鹿が！」

じゃれ合っている二人を見ながら、チョコレートケーキを口に運ぶ。

――この家、どうしておやつにチョコレートが多めなんだろうとは思ってはいたのだ。

しかし好物なので、むしろ大歓迎だから、余計なことは言わないでおいたのだが。

「まさかそんな情報を得るために、ベンを引き取っただなんて」

パクリ、とまた一口に運ぶ。

「結局お前も探し出せなかったし……」

256

ナディルがため息を吐いた。

「施設長の言う通り、経営者はずぼらな奴だったから、なんにも資料は残ってなかったし……まあそれをネタに脅してほぼ無償で施設の運営権や諸々を引き取ったが」

さすがナディル。隙を見つけたら絶対つついてくる男である。

「しかも、お前、『アナ』っていうのは正式な名前じゃなかったらしいじゃないか」

恨みがましい目で見られ、思わず頬が引き攣った。

「い、いや、どんな名前を付けられても馴染めるように、うちの施設では子供たちに簡単な名前だけ付けるのよ。で、引き取られたら、その親が正式な名前を付けて届けを出すんだけど……」

だから、ナディルでも私を探せなかったのだ。

ずぼら経営のせいで情報はほぼなし。そして唯一の手掛かりだった名前も正式なものではなかった。

「な、なんかごめん……」

悪いことをした気分になって謝ると、ナディルは仕方がないことだと首を振った。様々なタイミングが悪かったのだ。二人のどちらかが悪いのではない。

気まずい空気をなくすように、私は以前から疑問に思っていたことを訊いた。

「でも施設をナディルが面倒見る必要なかったんじゃないの？　本来は管轄違ったんだし

「……」

まああのままずぼら経営が続くのは、施設出身者からすると、嫌ではあるけれど。

私の問いにナディルが顔を赤らめた。

「お前が、ふと遊びに来るかもしれないと思って……」

照れた様子のナディルに、私もつられて赤くなる。

「そ、そんな……来るかどうかもわからない私のために？」

「……悪いか」

「……ああ」

「ありがとう」

耐えきれなくなったのだろう、ナディルがプイと顔をそらした。その様子を可愛いと思ってしまう私も大概である。

そっぽを向いたままのナディルに礼を述べると、ナディルは小さな声で返事をした。

——本当に、私の前では可愛い男である。

私はナディルに近付き、笑いかけると抱きついた。ナディルは固まっていたが、ゆっくりと腕を背中に回した。

しばし、この幸せな気分に浸りたいので、ベンの「俺の存在……」という言葉は聞こえなかったフリをした。

258

あとがき

初めましてもそうじゃない方も、こんにちは。沢野いずみと申します。

『没落寸前だけど結婚したい私』をお手に取っていただきありがとうございます。

今回書かせていただいた『没落寸前だけど結婚したい私』は『妃教育から逃げたい私』の続編として、『妃教育から逃げたい私』に登場している主人公レティシアの友人役、お金大好きブリアナが主人公です。

前作からおそらく一番人気があるのではないだろうかというキャラだったのですが、まさか続編で主人公になるとは作者もびっくりでした。

『没落寸前だけど結婚したい私』は、前作を読んでいない方にもわかるように書いたつもりなのですが、いかがだったでしょうか？　前作を読んでいなくてもわかるのですが、前作を読んでいるとちょこちょこ登場してくるキャラクターたちに、おお、と思っていただけるかもしれません。

『妃教育シリーズ』は、基本シンプルなラブコメディーを目指しているので、今回もごちゃごちゃした設定は付けず、シンプルかつ平和な物語となりました。

実は『妃教育から逃げたい私』を書いているときからブリアナとナディルのカップリングの

260

話は作っていました。登場の時点から二人をくっつけようとは思っていまして、こうして続編としてしっかり書かせていただけてとても嬉しかったです。

ブリアナは借金のせいで守銭奴ですが、基本乙女です。庶民感覚の抜けない乙女です。前作の主人公のレティシアよりヒロインらしいかもしれません。そしてナディルはちょっと拗らせている完璧主義の男です。

完璧主義なためになかなかブリアナを受け入れず、確信が持ててから自分の住居に呼びつけるという、文章にすると少し危ない男ですね。しかし、スパダリもいいですが、こういう人間味のあるヒーローもありなのではないかと思っています。

ブリアナも普通の令嬢っぽくないので、どうなのかな、と『妃教育から逃げたい私』に載せる前からハラハラしていたのですが、思った以上に守銭奴が受けまして、作者としてもほっとしています。守銭奴令嬢っていいですよね。

エイベルは、実はライバルキャラにチャレンジしようかなと思って出したのですが、基本カップリング固定の私に三角関係は、「くっつかないほうが可哀想！」となってしまい、仲良しなお友達になりました。チャレンジすらできずに終わりました。でも平和が好き。

ベンはキーパーソンとして登場させたのですが、お馬鹿設定を活かしすぎてしまい、あまり役に立ちませんでした。でもベンというキャラクターを作者は気に入っています。お馬鹿キャラもいいですよね。

前作主人公より、今作主人公のブリアナのほうが乙女な分、しっかり恋愛させられたかなと思っています。ラブシーンも加筆していて楽しかったです。あまりラブシーンを書かないので照れながら書いたのもいい思い出です。

続編の話をいただいたときはとてもびっくりしました。

『妃教育から逃げたい私』がわりと一巻でスパッと区切りよく書けたので、続編が出ることも想定外でしたし、同時にコミカライズもと言われて目玉が飛び出るかと思いました。思わずコミカライズをググりました。

そしてどうも夢じゃなかったらしく、こうして続編発売とコミカライズ連載の日を迎えました。

コミカライズは作画を担当してくださっている菅田うり先生のアレンジの入ったもので、とても素敵に仕上がっています。キャラクターデザインなども変わっているので、『妃教育から逃げたい私』を持っている方は、原作との違いを比べながら楽しんでいただけると嬉しいです。

前作に引き続き、今作のイラストを担当してくださったのは夢咲ミル先生です。とても繊細なイラストを描かれ、イラストの中で自分のキャラクターが生き生きとしていて、とても感動しました。前作で一緒にお仕事するのももう終わりかと寂しく思っていたので、こうしてまたご一緒させていただけて嬉しかったです。私の作品を素敵に仕上げていただき、感謝してもし

きれません。

本作品の出版に関して、尽力してくださった方々に、この場を借りて感謝を述べさせていただきます。ありがとうございました。

数ある書籍のなかから、『没落寸前だけど結婚したい私』をお手に取っていただいた読者様、深く感謝を申し上げます。本当にありがとうございました。

二〇二〇年三月吉日　沢野いずみ

念願の婚約破棄!!
…できてない、だと!?

Presented by
沢野いずみ
illustrator
夢咲ミル

妃教育から逃げたい私

著：沢野いずみ
イラスト：夢咲ミル

王太子・クラークの婚約者・レティシア。地獄のように厳しい王太子妃教育にうんざりしていたところ、クラークが別の令嬢を連れている場面を目撃してしまう。「殿下が心変わり？　ということは婚約破棄ね、やったぁ！」喜び勇んで田舎の領地に引き上げ自由な生活を満喫していたら、なぜか当のクラークが自分を訪ねてやってきて？　「君との婚約を破棄した覚えはない」…って、何それ今さら困るんですけど!?　逃げる令嬢&追う王太子の熱い攻防戦、ここに開幕 ♥

定価：本体1200円＋税　判型：四六判

PASH!ブックスは毎月最終金曜日発売

この本を読んでのご意見・ご感想・ファンレターをお待ちしております。
〈宛先〉 〒104-8357　東京都中央区京橋 3-5-7
　　　　（株）主婦と生活社　PASH！編集部
　　　　「沢野いずみ先生」係
※本書は「小説家になろう」（http://syosetu.com）に掲載されていたものを、改稿のうえ書籍化したものです。

PASH！ブックス

妃教育から逃げたい私2
～没落寸前だけど結婚したい私～

2020 年 4 月 6 日　1 刷発行

著　者	沢野いずみ
編集人	春名 衛
発行人	倉次辰男
発行所	**株式会社主婦と生活社** 〒104-8357　東京都中央区京橋 3-5-7 03-3563-2180（編集） 03-3563-5121（販売） 03-3563-5125（生産） ホームページ　https://www.shufu.co.jp
製版所	株式会社二葉企画
印刷所	太陽印刷工業株式会社
製本所	共同製本株式会社
イラスト	夢咲ミル
デザイン	井上南子
編集	黒田可菜

©Izumi Sawano　Printed in JAPAN　ISBN978-4-391-15463-4